情书

〔日〕岩井俊二 著

穆晓芳 译

南海出版公司

新经典文化股份有限公司
www.readinglife.com
出 品

第一章

藤井树过世两年后。

三月三日的两周年祭日，女儿节，神户下了场罕见的雪，公墓也被笼罩在大雪之中。丧服的黑色和斑驳的白色纠缠在一起。

博子仰望天空，洁白的雪花漫无边际地从无色透明的天空飘落，美得无法言说。死于雪山的他，在最后一刻看到的天空恐怕也是这样的吧。

"这雪，好像是那孩子让下的。"

阿树的母亲安代说道。如果不出意外，她应该已经成了博子的婆婆。

轮到博子上香了。

博子在墓前双手合十。出乎意料，再次和他面对面，自己竟然心如止水。这就是所谓的岁月吗？想到这里，博子心情有点复杂。

抱歉，我是个寡情寡义的女人啊。

博子上的线香不一会儿就缓缓地升起轻烟。一粒雪扫过，火熄了。博子把这当作他的恶作剧，胸口一紧。

因为是女儿节，所以上香结束前，还要招待大家喝热甜酒。吊唁的人们顿时热闹起来，一面用酒杯取暖，一面开始东家长西家短地拉起家常来。

他们大多是阿树的亲戚，也是一群对阿树印象已不太深刻的家伙，在他的墓前，却几乎绝口不提他的事情。阿树平时不爱说话，算得上很难接近的人。他们这样对他，倒也在情理之中。

太年轻了啊——对他们而言，他也就是这样一个再无其他话题的逝者。

"甜的我可喝不了，没有辣的吗？辣的酒！"

"我也喜欢辣的。"

阿树的父亲精一接受了这些男人任性的要求，叫来安代。

"安代，把那个拿来，不是有菊正①什么的吗？"

"现在？不是过一会儿再随便喝吗？"

---

① 一种日本酒。日本酒分甜口、辣口，菊正为辣口的代表之一。

"行了，行了，拿来！拿来！"

安代一脸不高兴地跑去取菊正。

就这样，宴会在大雪之中早早拉开了序幕。一瓶菊正已经不够，又陆陆续续拿上来。一个个一升装的酒瓶子排在雪地里。

"博子……"

和阿树一起登山的师弟们突然开口喊博子。博子也注意到了，他们一直窘迫地聚在一旁。但关键人物——那些曾和阿树一起登山，最后不得不决定下山、弃他而去的队友，今天都没有出现。

"师兄们今天在家闭门思过。"

"大家至今还有罪恶感呢。秋叶他们再也没有登过山。"

秋叶是阿树最好的朋友，也是最后那一次登山的领队。阿树掉下悬崖后，就是秋叶做出了"弃他而去"的决定。葬礼那天，阿树的亲戚们拒绝秋叶和队员们前来吊唁。当时，每个人都很感情用事。

"登山的规矩只在山上才管用！"

一个亲戚这样骂过秋叶他们，博子记忆犹新。说这话的人还记得这些吗？他此刻应该就在喝了酒胡闹的人群里吧。

"大家都过来就好了。"

"这个……"

师弟们支吾着,面面相觑。其中一个悄声说道:

"实话告诉你吧,师兄们好像打算今晚偷偷地来扫墓呢。"

法事一结束,接下来就是日式餐会。这样一来,大家顿时丧失了在大雪中挨下去的耐力,突然都感到冷了。人们快步奔向停车场,博子也被邀请参加餐会,不过她拒绝了,准备往回走。

刚发动车子,精一过来敲敲车窗。

"博子,真不好意思,顺路帮我把她送回家吧。"

博子一看,安代按着太阳穴,显得很痛苦。

"怎么了?"

"她突然说头痛。"

精一打开车门,把安代塞到车后座上。

"哎哟,好疼,这么使劲一按就疼。"

"你还说呢,接下来才是最忙的时候,真是不中用的家伙。"

精一责备安代,对博子报以歉意的微笑。一个喝得醉醺醺的亲戚正在精一背后嘟囔着什么。

"治夫,你已经醉了。"

"没有。"男人摆摆手,已然步履蹒跚。他一眼看见车里的博子,突然从车窗探进头来。酒气在车里弥漫。

"哎，博子，要走啊？"

"喂！"

精一慌忙把那个男人从车旁扯开。被架走的男人口齿不清地唱起了歌：

"姑娘呀，你听我说啊，不要迷恋登山的男人啊……"

"浑蛋！"

精一一边敲打那个男人的脑袋，一边低下头冲博子道歉。

博子的车子打着滑缓缓地离开了公墓。

"爸爸也不容易啊。"

"才不是，显得不容易罢了。"

博子从反光镜里看看安代。她坐在那儿，根本看不出头痛的迹象。

"今天还要闹一个晚上，他其实是以此为乐呢。只是他担心兴致太高了会不成体统，所以才那样，装成很忙的样子。大家都一样。那帮人，说是吊唁吊唁，不过是想喝喝酒罢了。"

"妈妈，你的头怎样了？"

"什么？"

"装病吗？"

博子在反光镜中露出笑容。

"笑什么呀。"

"没什么……"

"到底是什么,博子?"

"我是说,大家都各怀阴谋。"

"大家?谁啊?"

"秋叶他们。"

"秋叶他们怎么啦?"

"听说在打什么主意呢。"

"什么啊?"

博子用一个暧昧的微笑搪塞过去。

车开到了位于须磨的藤井家,安代硬把博子拉进家门。

家里显得很昏暗,仿佛有看不见的阴影笼罩着。起居室里的偶人[①]架子上,还没摆上偶人。

原木箱堆在一旁。打开盖子一看,天皇偶人的脸孔露了出来。

端茶过来的安代不好意思地解释道:

"只收拾了一半,因为要准备今天的仪式,就半途而废了。"

接着,两人重新摆放偶人。比起博子见过的偶人,这里的偶人看上去要大一圈,式样也更古典。

"这些偶人真漂亮。"

---
①女儿节这天,日本有摆放偶人的风俗。

"有年头了,据说太奶奶那一代就有了。"

据安代说,这些偶人被当成嫁妆,一代传一代,一直传到她手里。它们和历代新娘一起经历了年年岁岁。那些新娘,恐怕有几个已经和阿树一起长眠在那片墓地里了吧。博子一边想,一边用小梳子给偶人梳头发。

"一年只能出来一次,这些小人儿肯定很长寿。"

安代说道,凝视着偶人的脸。

雪,直到傍晚也没停。

两人打开了阿树房间的门。

阿树原来在高中当美术老师,房间里面到处都是油画的画布。

博子从书架上抽出一本画册,在桌上摊开。每一页的画都觉得眼熟,而且每幅画都散发着时光流逝的味道。

从前,博子喜欢在一旁看阿树画画。如今,看到这些已成为遗物的画,被忘却的点滴开始在心中复苏。此刻,她仿佛听见了铅笔游走在素描纸上的声音。

陷在回忆中的博子被安代的声音唤醒:

"你看这个。"

安代把从书架上找到的一本册子递给博子。

"啊，毕业相册！"

那是阿树中学时代的毕业相册。他毕业于小樽市立色内中学。

"在小樽吗？"

"对啊，小樽。离开小樽后到了横滨，接着是博多，然后是神户。"

"都是好地方呀。"

"住在哪里都一样。"

"不是说住惯了，哪儿都好吗？"

"那是'久居自安'。小樽真是个安静的好地方呀。"

"在小樽哪里呀？"

"哪里……已经不在了，听说成了国道的路基什么的了。"

"这样啊……啊，找到了。"

博子翻着翻着，找到了中学时代的他。班级的集体照里只有一个人被框了出来，很醒目，正是他。那样子和博子记忆中的他一模一样。

"毕业前转了学。"

"他可是一点也没变啊。"

"是吗？"安代盯着相册，"现在看来，总觉得这照片不吉利。"

接下来，两个人浏览着相册中一个个中学生的稚嫩面孔，打发着时间。身穿学生制服的少年风华正茂。这孩子真可爱，现在流行这样的长相呢……安代说着故作轻松的话，逗博子开心。

"这里面还有他的初恋情人呢。"

安代一边说，一边用手指在女孩子的面孔中搜寻，然后指着一个女孩。

"咦？这个女孩很像博子，不是吗？"

"什么？"

"说不定是他的初恋情人。"

"是这个女孩吗？"

"不是说男人会照初恋情人的相貌找女朋友吗？"

"是这样吗？"

"是啊。"

博子凑近相册，凝目而视，却看不出哪里相似。她想看看还有没有其他的照片，又翻过一页。

"阿树参加了什么社团活动？"

"田径队。"

博子翻找着田径队的照片。

"有了，有了。"

这是一张短跑的照片，是在阿树绊倒的那一瞬间按下的快门。一张有点残忍的照片。

"真是决定性的瞬间啊。"

照片下面还加上了注释，写着"藤井的 Last Run！"。博子不由得扑哧一声笑了，尽管觉得有点对不起阿树。

厨房里水烧开了，传来水壶的鸣叫声，安代站起身来。

"吃蛋糕吗？"

"啊，不用了……"

"是 Comme Chinois 的。"

"那好吧。"

安代离开了房间，博子仍牢牢地盯着相册，一页一页认真地搜寻着不知会在何处出现的他，连最后一页的名单都不放过。博子用手指寻找着他的名字。

"藤井树……藤井树……"

就在指尖捕捉到那个名字的瞬间，博子心中突然闪过一个奇妙的想法。

博子从他的桌子上找了支笔，伸出手掌，忽然转念，又卷起袖子，把住址抄在雪白的手腕上。

小樽市钱函二丁目二十四番地

安代端着蛋糕和红茶进来时,博子雪白的左手腕已经缩回羊毛衫的袖子里了。

"在盘算什么呢?"

安代的声音吓了博子一大跳。

"什么?"

"秋叶他们,在盘算什么呢?"

"啊?噢,他们说今天晚上要偷袭。"

"晚上要偷袭?"

"听说他们晚上要偷偷地去扫墓。"

"噢,是这样啊。"

安代看上去虽然很吃惊,但也有些欢喜。

"这样一来,那孩子今晚也睡不成了。"

那天晚上,就在秋叶他们可能在实施计划时,博子开始给阿树写信,寄往左手腕上写着的那个地址。

如果照安代所说,那里已经成为国道的路基,信是绝对寄不到那个地方的。这应该是一封哪儿都寄不到的信——正因为哪儿都寄不到才有意义。因为,这封信是写给已经不在人世的他的。

藤井树：

你好吗？我很好。

渡边博子

信的内容不过如此。反复考虑，揉皱了很多张信纸，最终写成的信只有这几个字。博子自己也觉得很奇怪，但她却喜欢这么短，这么简洁。

他肯定也会喜欢的。

博子把这封信连夜投进附近的邮筒。这盏特殊的河灯[①]在邮筒底部发出微弱的沙的一声，结束得意犹未尽。

这是在藤井树的祭日里，博子的一个阴谋。

雪依旧纷纷扬扬地飞舞在夜空中。

[①]日本有在盂兰盆节放河灯的习俗，表达对逝去亲人的悼念。

第二章

这封信是三月初送达小樽地区的。一直处于感冒边缘的我，终于在那天发病。那天早上第一次量体温就是三十八度五。我给工作的市立图书馆打了电话请假。做完该做的事后，我跳上尚有余温的床，享受了一个回笼觉。早饭吃得晚，吃完后，我在起居室的躺椅上又睡了一觉，邮递员的摩托车声打断了我淋漓尽致的酣睡。

邮递员利满，怎么说呢，是个没头脑的浅薄男人，一看见女孩就非打招呼不可。而且，他那有特点的大嗓门时常让我的精神骤然紧张起来。像这样身体特别不舒服的时候，情况就更严重。不过那天我判断力迟钝，把这些事忘得一干二净，稀里糊涂地就把门打开了。还没梳的乱蓬蓬的脑袋，遮住半边脸的大口罩，羊毛衫下穿着的睡衣，都处在毫无防备的状态下，总之，就是这么狼狈。利满在院门那边用又惊又喜的眼光频频打量我这副模样。

"咦？今天在家啊。"

我趿拉着拖鞋的两只脚停了下来。

糟了！脑袋昏昏沉沉，想到这点时，已经晚了。

"休息呀？"

"……"

"戴着口罩，是感冒了吧？"

"……"

"今年的感冒真够厉害的。"

我呢，打算采取以守为攻的策略，不过，这个家伙似乎会一直喋喋不休下去。我鼓起勇气，跑到邮箱那里。

"哎，我这儿有电影票，一起去看吧，周六怎么样？"

利满叫嚷着，我听也不听，从邮箱里取出邮件，飞快地掉转头，一口气飞奔回屋。

"喂，阿树！"

我不顾一切地关上门。就这么一个来回，对于当时的我而言，也像是做了一次剧烈的运动。我心跳得厉害，刚走到玄关就不由自主地蹲了下去。全是利满害的！这个利满又开始反复按我家的门铃。我抑制住怒火，冲着对讲器喊：

"怎么了？什么事呀？"

"阿树，你掉了封信！"

外面响亮的喊声和对讲器里传来的声音重叠着，那声音好像期待嘉奖的孩子一样，劲头十足。

"是吗？不好意思，帮我放在邮箱里吧。"

利满没有回答，却传来了开铁栅栏门的沉闷响声。

别随便进来啊！

利满不理会我内心的抗议，擅自闯进院内，咚咚地敲起了玄关的大门。

"阿树！你的信！你的信！"

利满一边不断敲门，一边喊着。

我头昏眼花，又一次趿拉着拖鞋，打开了门。

本以为利满就在门外，不知为何，他背对着我正朝庭院方向频频鞠躬。我还当他对谁行礼，原来是我爷爷。爷爷从院子里的蔷薇园后一脸严肃地探出头来，冲我摆摆手，示意没事，又消失在花木丛中。

"你叫的声音太大了。"

"抱歉……啊，你掉了这个。"

利满递过来一封信，大言不惭地开口说道：

"是情书吧？"

对于这种总是拿恋爱或性开玩笑的无聊家伙,我身心两方面都无法接受。我几乎立刻火冒三丈,左手猛地夺过信,右手一把锁上了门。这一系列动作都是身体的自然反应。恐怕门那头的利满一时间还没明白发生了什么事,只剩下张大嘴巴发呆的份儿了。

我把邮件分门别类,拿了自己的那一份,剩下的都放在厨房的餐具柜上,然后上了二楼。只有一封寄给我的信,就是利满拾到的那一封。一看寄件人,名字完全没有印象。

渡边博子,地址是神户市。

神户的渡边博子……

神户?这恐怕是我人生中第一次接触到这个地名。知道倒是知道,仅仅是知道而已。神户的渡边。渡边博子……

我一边歪着脑袋想,一边拆开信。里面是一张信纸。我的目光落在这张信纸上,怎么说呢,一刹那,大脑一片空白,陷入了一种难以形容的状态。

藤井树:

你好吗?我很好。

渡边博子

这就是全部的内容。

"这算什么？"

这不只是意思含糊不清了，几乎是毫无意义。我想思考，空白而凝滞的空间却在大脑中一味膨胀，或许是因为发烧。我就这样滚倒在床上。

"渡边博子，渡边博子，渡边渡边博子渡边渡边博子渡边渡边博子博子渡边……"

我像念经一样反复念叨这个名字，大脑里却没有半点记忆复苏的端倪，什么都想不起来。越琢磨越觉得这封信是个谜，最要命的是它简短得无与伦比。扑克游戏里，我最擅长的就是复杂的 Seven Bridge。不知为什么，玩简单的抽对子我却老是输。所以说这封信准确地抓住了我的弱点，相信大家很容易理解。

外面传来摩托车冷漠的声音。从窗户看出去，透过篱笆，隐隐约约可以看到利满正要回去的身影。

看样子再研究下去也不会有什么进展。我把信放在桌子上，又钻进被窝。

暮色深重的时候，我从浅睡中醒来，睁眼一看，屋子里几乎全黑了。我一时还留恋被窝的舒适。这时，妈妈已经回来，开始准备晚饭了。我一边听着炸东西的声音,一边寻思,太油腻的饭菜恐怕不适合生病的身体。想着想着,我又昏睡过去。

梦中,煎锅里的油炸声幻化成了雨点的声音。

雨中,我在操场上奔跑。是中学的操场,奔跑的也是中学时代的我。我被淋成了落汤鸡,却只是一言不发地跑着。啊,这样下去要感冒的。这样想着,梦中的我仍然停不下脚步。这时,雨变成了雪,我冻得上牙打下牙,但还在继续跑。

醒来时,全身已被汗湿透。窗外竟真的下起雪来。一看表,已经十点多了。晚饭时间早过了,它无情地遗忘了我。

"我不知道你在楼上啊。"妈妈对我说道。

我不满地鼓起腮帮子。

仔细一想,妈妈连我感冒请假的事儿都不知道。

我独自一人坐在餐桌旁。主菜是炸鱼。在梦里淋了雨的我,面对一盘子冷透了的菜根本打不起精神。

"怎么?没有粥啊?"

"你自己做吧。"

"那算了。"

狡猾的女儿很清楚,这样一说,妈妈别无他法,什么都会帮她做。妈妈显得很不耐烦,把锅架在灶上开始煮粥。

"莫名其妙的信?不幸的信?"

"好像不是吧。"

我喝着煮好的粥,提起刚才的信。

"神户的渡边小姐,妈妈有印象吗?"

"渡边小姐?"

"渡边博子。"

"是你认识的吧,只是忘了。"

"不是说了没这回事嘛,我绝对不认识叫渡边博子的人。"

"……"

"这实在太奇怪,太离谱了。你说呢,爷爷?"

我喊隔壁的爷爷。爷爷正在起居室里看电视。

"嗯,是很奇怪。"

爷爷似听非听,却为了加入这个话题的讨论,一只手拿着电视遥控器,慢吞吞地走了过来。

这就是藤井家的全部家庭成员,略嫌不完美的家庭结构。我却不觉得有什么地方不对,这样刚刚好。

"都写了什么?"妈妈问。

"你好吗?我很好。"

"然后呢?"

"只有这些。"

"这是什么意思?"

"想看看吗？我去拿来。"

然而，妈妈一副"这事怎样都无所谓"的表情，对正要站起身的我说道：

"吃完饭把药吃了。"

信的话题到此为止。我又坐下，拿起药店里就能买到的瓶装感冒药。

"没去医院看看？"

"还没到那种地步。"

"那药在刚感冒时才有用。"

我装作不知道，把一片药扔进嘴里。

"那你明天能去上班吗？"

"嗯，这个……"

"不去上班，就去医院。"

"去医院对我来说，比上班还残酷。"

"说什么呢，一天到晚只是坐着发呆也叫'残酷'？"

一想到妈妈把图书馆的工作想得那么轻松，就让人生气。不过虽没被她说中，但也差不了多少，所以我没还嘴。爷爷一直拿着遥控器站在一边，现在插话道：

"阿树，给我看看信。"

然而我完全没了兴致。

"信？什么信？"

"……"

爷爷努努嘴巴，朝起居室走去。

断断续续地睡了一整天，到了晚上有点睡不着了。我在床上辗转反侧，完全没有睡意，那奇怪的恶作剧的诞生或许也是拜这个不眠之夜所赐。但当时我自以为想到了一个绝妙的主意。我忍着笑，起床来到桌前。

渡边博子：

　你好。

　我也很好，只是有点感冒。

藤井树

完全是恶作剧。

但没有恶意。不，有一点吧。

第二天早上，感冒还远远没好，我却选择了上班。似乎不去上班的话，就会被迫去医院。我在路上把昨晚写的信投进了车站前的邮筒。

"阿嚏！"

响亮的喷嚏声每次回荡在阅览室里，读者们都会偷偷地朝我看来。一整天，我都被猛烈的喷嚏和咳嗽折磨，虽然知道影响周围的人，却也没有办法。幸亏同事绫子看不下去了，替我向馆长申请，下午派我去整理书库。

"别偷偷睡觉哦。"

绫子拍拍我的肩膀，这样说道。

书库为了保护书籍，一般都维持适当的温度和湿度，但那地方毕竟净是旧书，有点霉味，让人总觉得到处都漂浮着看不见的孢子。或许是心理作用，一旦这样想，我更加控制不住地打起喷嚏来。虽然辜负了绫子的好意，但也避免了对读者的干扰，这或许是她的本意吧。

专门负责整理书库的春美指指不停打喷嚏没法工作的我。

"怎么不戴口罩？"

"什么？"

"这个。"

我用手一摸，摸到了不知何时滑落下来的口罩。

"这里的书的味道会刺激鼻子，要小心哦。"

春美专门负责整理书库，在这儿，大家都叫她"主公"。一个女人却被冠上"主公"的外号，单凭这个，就知道她是市立图书馆的第一奇人。我倒也能理解，却无法接受自己排名第二的说法。依绫子他们的观点，我的古怪之处在于说不上是哪儿古怪，但总叫人觉得哪儿不对劲。

"不过，离'主公'的级别还远着呢。"

本来就是嘛。虽然对当事人不敬，但我可吃不消和"主公"相提并论。

"我觉得那些家伙真是太不负责任了。"

"主公"说话时，还不停手地往书架上摆书。

"谁啊？"

"写这些书的人。"

"什么？"

"这里的书！"

"主公"语气加重了些，指着书库里的书。

"难道不是吗？这些家伙想写就写，完全没有考虑到是我们在后面进行整理，不是吗？你看看这数量，这么多！谁看呢？"

接着，"主公"从书架上抽出一本，放在我膝上。书名是《核废弃物的未来如何》。

"什么都别说啦。真希望他们在谈论核废弃物处理问题以前，先好好想想自己的书以后如何处理。你说呢？"

"这个？咳，咳……"

我一边咳嗽一边把书还给她。"主公"接过书,哧啦一声撕下了其中一页。我不敢相信自己的眼睛。"主公"却若无其事地把那一页揉成团塞进兜里。

"咳,咳咳……你在干什么?"

于是,"主公"故意做给我看似的撕起书来。她把书插回书架时,加了一道程序:每本都撕下一页,揉成团塞到兜里。

"这能很好地化解压力。"

"咳!"

"不试试看?"

"咳!咳!这算什么……咳!别做了。"

"很有意思的。"

"主公"甚至露出了一个略带残酷的微笑。

"咳,咳咳!"

我咳嗽的时候又想起了那封信。说实在的,把信投进邮筒后,我一直在意这件事。给素昧平生的人写信,接下来究竟会发生什么?正因为无法预测,我才觉得可怕。想到这里,我发现自己恶作剧的后果比眼前"主公"的古怪行径更严重。

怎么干了那样愚蠢的事?

望着"主公"不停撕书的身影,胆小的我,已经被莫大的后悔击垮了。

第三章

博子是读短期大学时和他相识的。他当时读的是神户市立美术大学，学油画专业，还参加了学校的登山队。

从短期大学毕业后，博子比他早一年进入社会。他在第二年当了高中的美术老师。

博子在东京长大，对她而言，神户的生活全部都是他：和他一起度过的日日夜夜，长相厮守的日日夜夜，偶尔一个人的日日夜夜，以及满心满脑全是他的日日夜夜，有他陪伴着的日日夜夜，宁愿时间停止的日日夜夜，还有——永远失去他的日日夜夜。

他死于登山事故。失去了留在神户的理由，博子也没打算回东京。家里劝她回去，她只是含糊其词地搪塞，并不想结束自己的单身生活。不过，博子也没弄明白自己的意愿。就算弄明白了，也要留在这里。这种感觉时常让她感到震惊。于是她仍一成不变地过着从公司到家的两点一线的生活。

两周年祭日后的第四天，周六的傍晚。

博子回到家，一打开邮箱，就看见一堆没用的宣传单里夹着一个小小的四角信封，背面没有寄件人的姓名。拆开一看，里面是一张信纸，折成四折。

在展开的一刹那，博子以为是自己写的那封信——两周年祭日那晚写的那封信，寄到什么地方又退回来了。然而，她马上就知道不是这样，这只是错觉。与此同时，她的心跳几乎要停止了。

渡边博子：

你好。

我也很好，只是有点感冒。

藤井树

是他的回信！但是，这是不可能的。或许是谁的恶作剧吧？那封信被谁看到了？为什么那封信能被人收到呢？过了许久，博子仍然无法抑制内心的激动，把这封短短的信反复看了几遍。

不管是谁的恶作剧，这无疑是那封信的回信。博子觉得这件事本身就是个奇迹。虽然不明白中间有着怎样的偶然性，博子也感受到了他的气息。

应该就是他的回信！

博子决定相信自己，又把信看了一遍。

博子突然想给秋叶看看这封信。她刚到家，连外套都没工夫脱，就出去找秋叶了。

秋叶在詹姆斯山附近的玻璃作坊工作。博子来时，同事们已经离开了，除了秋叶，只有留下来做收尾工作的助手铃美。秋叶一面哼着松田圣子的《青色珊瑚礁》，一面转着一根长管子。

"差点就错过了，博子，我也正要回去呢。"

博子突然来访，令秋叶觉得很吃惊。可接下来，不管博子怎么等，他的工作就是干不完。

秋叶自称是玻璃艺术家，平时却忙着给批发商做批量的玻璃杯或花瓶什么的，几乎没有时间创作自己的作品。

"再稍等一会儿，还剩十个。"

秋叶转着顶端带有糖稀状玻璃的长管，对博子说道。

"不要紧，你慢慢做。"

博子端详着已经做成的杯子打发时间。杯子平平常常，毫无稀奇之处。

"和以前一样,只能做些无聊的东西。"秋叶说着,没有停下手里的活儿,"学生时代才好呢,可以随心所欲地创作自己喜欢的作品。"

当学生时,有功课相逼,要术业专攻,果真能按自己的意愿创作吗?博子知道他不过是发发牢骚。

"师傅,那我先走了。"

铃美不知何时做好了回家的准备。

"噢。"

"博子小姐,我先走了。"

"慢走。"

铃美走后,秋叶转过头来,给了博子一个会意的微笑。

"怎么了?"

博子假装不懂,歪过脑袋。这也是两人之间的暗号。

"有什么好事吗?"

"什么?"

"怎么这么开心?"

"是吗?"

博子有意掩饰,转到秋叶身后,坐到屋子角落的椅子上。

"我们去扫墓了。"

"半夜吗?"

"咦?你怎么知道?"

"听师弟他们说的。"

"……原来如此。"

"怎么样?"

"扫墓吗?"

"嗯。"

"这个问题该怎么回答呢?说不错,也很奇怪。"

"是呀,也对。"

"不过,还可以吧。嗯,还可以。"

秋叶接着干了一会儿,像是想起了什么,转头看着博子。

博子歪过脑袋。秋叶无声地笑了。

"怎么了?"

"这是我想问你的,发生了什么事?"

"为什么这么问?"

"因为你看上去很开心。"

"有吗?"

秋叶微笑着点点头。

工作告一段落时,博子给秋叶看了信。

"我给他写了一封信,还收到了回信。"

即便这样说,秋叶也不可能明白。

"怎么回事?"

博子把事情的经过从头解释给秋叶听:在阿树家看到了毕业相册,在上面发现了他以前的住址,给他写了封信,然后收到了这封回信。

"不可思议吧。"

"应该是谁的恶作剧吧?"

"也许吧。"

"无聊,还有人做这种事。"

"但我挺开心的。"

博子看上去十分开心,可这副表情让秋叶觉得失落。

"不过,博子,你干吗寄那种怪信?"

"嗯?"

"还是……"

"嗯?"

"你还是忘不了他?"

"秋叶你呢?已经忘了吗?"

"我不是这个意思。那我和你的关系该怎么算?"

"嗯……"

"啊?博子。"

秋叶故意做出严肃的表情，慢慢地靠近博子。博子不由得发出轻声的哀求。

"别这样。"

"不要说别这样。"

"别这样，别这样。"

"我可是说真的。"

"你说这话我听不懂哩。"

"你总是到情况不妙的时候，才说关西话。"

博子羞怯地笑着。冷不防地，秋叶的唇捕捉到她的唇。博子踌躇着，游移着，没过多久就开始回应他的吻。

阿树去世后两年间，不知何时，博子与秋叶的距离已经如此之近。然而几次接吻，博子却总觉得那个人仿佛不是自己。越过秋叶的肩膀，可以看见灶内通红的火焰，两颊的滚烫或许是因为火焰的缘故，博子呆呆地想。

打断两个人的是助手铃美。铃美忘了东西回来取，撞到了意想不到的情景，呆立在门口。

"啊……你怎么了？有什么事吗？"秋叶大声问。

"啊，忘了点东西，来取……"铃美这样说着，却是一脸不知所措。

"什么东西？"

"不……没什么。我告辞了。"

铃美就这样离开了。

"糟糕,被她看见了。"

"怎么办?"

"没办法了,这下变成既成事实了,就认了吧。"

"不行,求铃美别说出去吧。"

博子继续躲闪着。

"扫墓时,我求过他了,"秋叶的目光很认真,"求他让我和你结婚。"

博子不知道该怎样回答他。

"适可而止吧,让他轻松些不好吗?"

"……"

"你也可以自由了。"

"……"

博子的视线落在信上,一句话也答不上来。

藤井树:

你好。

感冒怎么样了?

要保重身体，祝你早日康复。

渡边博子

博子写了这封信，又一次寄往那个地址，里面还装上了感冒药。对方恐怕要大吃一惊了。博子心里窃笑。

几天后，收到了回信。

渡边博子：
你好。
谢谢你的感冒药。
只是，恕我失礼，你是哪一位渡边小姐呢？
我怎么绞尽脑汁想都没有印象。
请赐教！

藤井树

假冒藤井树的这个骗子，竟然大言不惭地要我作自我介绍？！

"怎么办呢？"

博子自言自语，心中竟意外地感到欢喜。交了一个彼此见面不相识的笔友。不管怎样,这个人都是天堂里的他介绍的,肯定是个好人。为了这奇妙的缘分，博子对他和上帝都充满感激。

不过，到底是什么样的人呢？一点也没法预见。博子想起来，以前在电视剧里见过这样的故事：没见过面的笔友其实是个老人。博子对写这封信的人的容貌作了种种猜测：是老爷爷，还是老奶奶，或是平凡的打工族？没准还是个小学生呢！"你是哪一位渡边小姐呢？"对方假装糊涂说这种话，把自己彻头彻尾地当成了藤井树，这信手拈来的回答证明对方对这种游戏乐此不疲。假如对方正处于爱好这种游戏的年纪，可能是个学生。如果意外地是个中年的大学教授，就太棒了！博子沉浸在异想天开的猜谜游戏中。

她又一次拿着信去给秋叶看。

"寄了感冒药？博子真体贴啊。"

秋叶说着大笑起来，把信还给博子。他感兴趣的仅限于此。

"哎，回信该怎么写呀？"

"啊？回信？你还打算写回信？"

"嗯。"

"觉得很有趣吗？两个都是闲人！"

借助秋叶的智慧，博子完成了第三封信。不如说，这封信根本就是秋叶写的。

藤井树：

　　你好。

　　你已经把我忘了吗？

　　真过分！太失礼了！

　　我不会告诉你的，你自己想吧。

　　不过，给你一点启发。

　　我还是独身。

　　　　　　　　　　　　　　　　　渡边博子

博子看了这封信的内容，眉头皱了起来。

"这怎么寄啊？"

"不要紧，那家伙把自己彻底当成了藤井树，这样写，正符合假藤井树的身份。"

即便这样，博子还是不想把这种有失风度的信寄出去。她脑海里出现的，是中年的大学教授看到这封信的时候扫兴的样子。

博子假装把这封信装在信封里，后来却偷偷地重写了一封。她下意识地把对方当成了中年大学教授，写得有点晦涩。

藤井树：

你好。

感冒好了没有？

今天我在回家途中，看到坡道上的樱花含苞欲放。

这里的春天即将来临。

渡边博子

以后没准真的会变成笔友呢。博子内心充满期待，感受到一种久违的毫无遮拦的激动。

然而，对方的回信却不是博子想象的内容。

渡边博子：

你好。

我确实不认识你。

神户我去都没去过，也没有亲戚或朋友住在那边。

你真的认识我吗？

藤井树

"这封信有点郑重其事了。"

秋叶看了信，这么说道。

"是啊。"

"这是怎么回事?"

"可是,对方要是来真的怎么办?"

"真的?怎么个真法?"

秋叶这么一说,博子不知如何回答。她也不知道,如果对方来真的,会是怎么个真法。

秋叶又看了一遍信,还发现了一点。

"这家伙是个女人!"

"什么?"

"你看,这里。"

秋叶指着其中一行,是那句"你真的认识我吗"。

"这里用了'我'①。"

"……真的。"

"还有,这个藤井以为阿树是女的,女人也有叫'阿树'这个名字的吗?"

"嗯……"

"事情有点复杂了。"

"嗯。"

"是什么人呢?"

---

①日语中有男性用语和女性用语之分,这是指只有女性才会使用的自称。

秋叶的视线落在信上，他仿佛在沉思着什么，一脸严肃。博子也一起思索，却想不出任何头绪。这时，秋叶提出了一个奇怪的问题。

"不过，这封信是怎么寄到那家伙手上的？"

"什么？"

"不觉得很奇怪吗？"

"……什么奇怪？"

"我们的信的确寄到了，也的确收到了回信，是这样吧？"

"是啊。"

"但你说过，那个地址已经没人住了。"

"嗯，据说变成国道了。"

"难道那家伙住在国道上？"

"怎么可能？"

"是吧？"

"……嗯。"

"怎么回事？"

"真想不通。"

接着，秋叶从贸然的猜测入手，展开了推理。

"假如那家伙住在国道中央……"

"什么？"

"只是假如而已。在中央隔离带的正中盖一间小屋,住在里面。"

"假如?"

"是啊,是不可能的,只是这么假设。"

"嗯。"

"邮递员送去了寄到那个地址的信,但是肯定不会把信交给那家伙。"

"是呀。"

"为什么呢?"

"什么?"

"为什么不交给她?"

"因为不准随便住在国道上。"

"不是啦,这只是一种假设。"

博子不太明白秋叶的意思。

"那这么说吧,假如没有国道……"

"没有国道怎么了?猜谜啊?"

"随你怎么说,说猜谜也可以——没有国道,所以藤井家的房子还在,有其他人住着,然后邮递员送信到那儿。这样的话,信能寄到吗?"

"嗯。这样的话能寄到。"

"……"

"寄不到吗？"

"寄得到还是寄不到？"

"那，寄不到。"

"真的？"

"啊，还是能寄到。"

"什么呀！寄不到。"

"咦？为什么？"

秋叶让博子上了当，得意扬扬地露出笑容。

"不明白了吧？"

"嗯……不明白。"

"不可能寄到啊，名字不一样啊。就算住址一致，名字不一致，还是寄不到。"

"这样啊……"

"是呀。就算送到了那个地址，门牌上的名字对不上的话，邮递员也不会把信放进信箱里去的。"

"原来如此。"

"就算国道也一样。"

"什么？为什么？"

"不管住在哪里，只要名字不一样，信就永远到不了那家伙手里，就好比进入了一个怪圈。这么说好像不恰当。"

"嗯？"

"总之，到底是通过什么途径和对方书信往来，这是怎么办到的，才是关键所在。"

"也许是邮递员错投在她的邮箱里，这种事也有可能。"

"的确有这种可能。"

"是吧。"

"但邮递员不会一而再、再而三地弄错吧。"

"……对呀。"

"莫非……那家伙真叫这个名字？"

"什么？"

"就是说，那家伙真的叫藤井树。"

博子怎么也无法相信会有这种事，觉得秋叶肯定掉进了自己的逻辑怪圈。他的说法听起来挺有道理，但总觉得有些地方不对劲。

"……不过，就算是巧合，也实在太巧了吧。"

"就是。"

"可是，除非她叫藤井树这个名字，否则信是寄不到的，这是事实吧？"

"嗯……"

博子试图整理已乱作一团的思绪。

如果安代所言不错，那个地址应该变成国道了，不复存在。然而，信却安然无恙地寄到了，还确确实实地收到了回信。就算这是某个人的恶作剧，按照秋叶的逻辑，那个人也必须叫藤井树这个名字。在藤井家住过的地方，住着一个同名同姓的藤井树，会有这种巧合吗？而且对方还住在国道上，可能吗？

"想得简单些。这是不可能发生的事，不是吗？"

"就是呀，可是，你们俩确实你来我往地通着信，这不也是事实吗？"

"是啊，"博子说道，"所以……信还是他写的吧？"

秋叶满脸愕然地望着博子。

"博子……"

"这才合乎逻辑。"

"这才不符合逻辑呢！"

"但……你不觉得很浪漫吗？"

"也许是浪漫吧。"

"就这样想吧。"

"不要这样，博子！"

秋叶有点气愤。博子不知自己说了什么惹恼他的话，不禁缩起了身子。

"算了算了,博子,你要是这样想也可以,我会尽力搞清真相的。"

秋叶没收了博子的信,说是要当作重要的证据。

第四章

我该怎么办啊?

藤井树:

你好。

感冒怎么样了?

要保重身体,祝你早日康复。

渡边博子

这是渡边博子的第二封来信。她甚至还郑重其事地把感冒冲剂装在信封里一并寄了来。

我可不是那种人,会放心地吃素不相识的人寄来的药。一般人就算觉得不可靠,到最后也很可能会尝试,这是人性的弱点。在动这个念头之前,我把感冒药扔进垃圾桶处理掉了,接着重新开始研究信。

对方好像跟我很熟。那种说话的方式,以为我只要一看信就会明白。难道还是我忘记了对方?

渡边博子:
 你好。
 谢谢你的感冒药。
 只是,恕我失礼,你是哪一位渡边小姐呢?
 我怎么绞尽脑汁想都没有印象。
 请赐教!
藤井树

我就写了这些,不管三七二十一寄了出去。然而几天后,她的回信根本没理会我的问题。

藤井树:
 你好。
 感冒好了没有?
 今天我在回家途中,看到坡道上的樱花含苞欲放。

这里的春天即将来临。

渡边博子

果然有不祥的感觉。

提起樱花啦春天啦，证明事态日趋严峻。听他们说，以前不知是哪任图书馆馆长，有一天看见樱花，说了句"大波斯菊快到开花季节了"，不久就遭到报应，住进了医院。这件事发生后，过了很久我才来这里上班。还有更严重的，据说很多年前，妈妈还是学生时，同年级的一个同学在饭盒里装了好多樱花花瓣带到学校来。那个同学不吃饭，而是狼吞虎咽地吃樱花花瓣，结果遭了报应，进了医院。樱花往往带有这种寓意。

真相不明的信、感冒药，以及樱花和春天的气息，我觉得出现不祥之兆的条件都备齐了。

我把这件事告诉了"主公"。

"原来如此。"

"主公"喃喃道，还引用了梶井基次郎[①]的小说。

"梶井基次郎的短篇小说里，有'樱花树下埋死人'的故事。"

[①]梶井基次郎（1901－1932），日本小说家。文中指其短篇小说《樱花树下》。

"是有这回事。"

"还有安吾①的《盛开的樱花林下》。"

"《盛开的樱花林下》啊,那才叫疯狂呢。"

"那家伙还是不怀好意呀。"

"真的?"

"嗯,绝对不怀好意,没准专门干这个。"

"我该怎么办?"

"嗯……不管怎样,继续拒绝。"

"怎么拒绝啊?"

"不知道。但要是不理她,她会一直写信来的。"

"什么?'一直'是什么意思?"

"就是'永远',直到死。"

"不会吧,不要啊!"

"那种人不会懂得适可而止。"

"你别开玩笑了。"

我重重地叹了口气。

"哈哈哈……"

"主公"突然笑了起来。我不知有什么可笑的,回头一看,她却若无其事地把书往书架上插。

---

① 坂口安吾(1906－1955),日本小说家,著有《织田信长》《并非连续的杀人案》等。

在不怀好意这一点上,"主公"也达到了相当可怕的水平。不过,"主公"那番话让我渐渐觉出这封信的不同寻常。我开始忧虑起来。

我怀着向上天祈祷的心情写了回信。

渡边博子:

　　你好。

　　我确实不认识你。

　　神户我去都没去过,也没有亲戚或朋友住在那边。

　　你真的认识我吗?

藤井树

她的下一封回信是这样的。

藤井树:

　　你好。

　　你到底是谁?

渡边博子

我瑟瑟发抖。

这个人终于变得不可理喻了。我又去求"主公"。我不想求她，但觉得只有同一类人才能互相理解。我把迄今为止收到的所有信都给"主公"看了，等她的建议。

"主公"看信时，发现了一件令人震惊的事。

"这个人是双重人格。"

"什么？双重人格是什么意思？神经障碍？"

"对，就是神经障碍。你看这里。"

"主公"说着，让我看最后那封写着"你是谁"的信。

"只有这封信笔迹不一样。"

"什么？这是什么意思？"

我比较了一下，的确如"主公"所言，只有那封信和其他的信笔迹不同。我出于极为合乎常理的见解，反问道：

"难道是其他人写的？"

"怎么可能？你是说这些信不是一个人写的？几个人合谋写了这些信？"

"……不知道。"

"这可是重要的发现，你没被卷进什么重大事件吧？"

"什么？怎么会？"

"比如说，碰巧获得了什么机密情报？"

"怎么可能？怎么会有这种事？"

"那就是这个人有双重人格。"

"为什么这么说？没有其他的解释吗？"

"你自己想想，就会支持我有力的双重人格说法。起因原本是你的信，不是你的信先提出了'你是谁'这个问题吗？这个女人不明白你的意思，她原本不认识你，只不过误以为认识你罢了。然而收到了你的信，她突然直面了现实，就是你和她素昧平生的现实。被质问的她必须再次设法逃避现实，也就是说要彻底变成另外一个人，变成另外一个不认识你的人。"

对"主公"的设想，我不知道该相信到什么程度。换句话说，这个"主公"的脑筋是否值得信赖，我都觉得还是个问题。我决定先自己寻找答案。

然而，还没容我多想，没过多久，下一封信又来了。那天，快要好了的感冒又发作了，我的体温徘徊在三十七度五左右。

藤井树：

　你好。

　你要是真的藤井树，就请拿出证据给我看。

　身份证或保险证的复印件都可以。

渡边博子

也可能是因为发烧，我怒不可遏，心想：适可而止吧！干吗非要给这个来路不明的家伙看身份证或保险证？

虽然这么想，但不知道到底为了什么，我还是放大复印了驾驶执照。正在用图书馆的复印机时，绫子看见了，她奇怪地问我在干什么。

"看看不就明白了吗？复印驾照呢。"

"照片看上去像通缉犯。"绫子看了一眼复印出来的照片，不怀好意地说道。

"多管闲事。"

不用她说，复印机里出来的 A3 尺寸的巨大驾照，怎么看感觉都不好。

"不是还在发烧吗？"绫子问，又用手试了试我的额头，"你要注意点，很烫啊。"

然而，绫子的话，我几乎充耳不闻。

这就是证据。

请不要再写信来了。

再见！

放大的复印件加上这封信，被我投到附近的邮筒里。然而，信跌落到邮筒里的一刹那，我后悔不迭，腿脚发软——我怎么会这么轻易地把自己的身份告诉一个可能是神经病的女人！我赶忙把手伸到邮筒里，希望还来得及后悔，但怎么可能够到信！

"笨蛋！"

"主公"知道后，不禁笑话我这种行为。

"你的身份，对方早就知道了，所以你才会收到这些信。"

她这么一说，我才醒悟。今天大脑好像短路了。镇定镇定！我咚咚地敲打了两三下脑袋，头晕目眩地倒在地板上，失去了知觉。之后发生了什么事，我完全不记得了。

后来听说，好像是同事开车把我送到了医院，不过我一得知那是医院，就奋力抵抗，硬是不下车。同事无奈，只得把我送回了家。到家一量体温，已经超过了四十度。

接着，我一直徘徊在沉睡的深渊。

那信封比往常要重一点。

博子拆开信封，还以为装了什么，原来是放大成 A3 尺寸的驾照复印件。

"你看，还是我猜中了吧？还真有叫藤井树的啊！"

秋叶看了复印件，不禁欣喜若狂，无意中泄露了天机。

"作战成功！"

"什么？"

"其实，我也偷偷地写了一封信，大概是这样写的：'你是谁？你要是真的藤井树，就请拿出证据给我看。'"

博子瞠目结舌。

"不要紧，绝对用了普通话，绝对模仿博子的风格写的，别担心。"

"……"

"不过我没想到她这么大胆直接，敌人也不好对付啊。"

"……"

"既然如此，博子，我们两个去小樽找她怎么样？"

"什么？"

"真的，我碰巧要到小樽办事。小樽有非常有名的玻璃制品一条街，我有个朋友在那儿，他们要办展览会，邀请我去参观。我嫌麻烦，正犹豫要不要拒绝呢。但想想看，这不是揭穿那家伙真面目的绝好机会吗？这也是天意啊。你不觉得吗？"

"……"

"怎么样？我说这是揭穿敌人真面目的绝好机会。"

"她不是敌人！"博子突然声嘶力竭地喊道。

"怎么了？"

"这不是游戏！"

说到这儿，博子泣不成声。

"博子！"

"……你太过分了！"

"……"

"这件事已经结束了，到此为止吧。"

接着，博子给秋叶看了一并寄来的信。

> 这就是证据。
>
> 请不要再写信来了。
>
> 再见！

秋叶终于意识到自己的举动过分了，然而为时已晚。

博子用手指摩挲着放大的复印件上的照片。

"让你很生气吧？对不起。"

"……"

"那些感冒药，你吃了没有啊？"

"……"

"感冒已经好了吧?"

"对不起。"

"算了。"

"是我不好。"

"我说算了。"

一滴眼泪落在复印件上,博子用指尖拭去。拭着拭着,眼泪又一滴一滴地掉落。博子又一滴一滴地拭去。

"这是他写的信。他写给我的信。"

听到这话,秋叶的脸色变了。

"怎么能寄来这样的信!"

秋叶把信揉成一团扔了出去。博子难以置信地看了他一眼,把信拾起来,重新放在膝上展开。

"不可能是藤井,那家伙怎么可能写信!"

博子诧异地看着秋叶。

秋叶垂着头,似乎在忍耐什么。

"对不起……对不起。"秋叶说。然后,沉重的静寂笼罩了两个人。

秋叶后悔莫及,他很清楚,必须容忍,如果自己不容忍,两人的关系瞬间就会崩溃。

"哎,博子,不去小樽看看吗?"

"什么？"

"不去小樽会会这个人吗？"

"……"

"走到这一步，可不能不见见真人。"

"……"

"你不想见见和他同名同姓的人吗？"

"……"

"如果觉得给对方添了麻烦，心里过意不去，去道个歉也好。我和你一起去赔礼道歉。"

"……"

"怎么样？"

博子吸溜着鼻子，把信叠了起来，终于开口说道：

"不能就这样算了。"

"怎么？"

"现在不能就这样算了。"

"……是呀。"

"……"

"去小樽看看吧。"

博子轻轻地点了点头。

第五章

已经过了最难受的时期,却仍然感觉不舒服。我摇摇晃晃地帮"主公"整理书库,她不由分说,指东指西地命令我干活儿。感冒拖得太长,大家都不再怜恤我了。

"得了感冒,出出汗就好了。要是太在乎自己,就老是好不了。"

"总是这样做苦力的话,好不了也无所谓。"我抱着沉重的书大声说,"我正琢磨呢,感冒也都是因为这个,上班族生病的原因不就是压力吗?"

"是吗?"

"你也一样,积劳成疾。"

我突然发现,"主公"又在撕书。

"缓解压力,这个最管用。"

"干这种事，到时候你会遭报应的。"

"好疼！"

"主公"突然大声叫道，手里拿着的一本书咚的一声掉在地板上。她按住手，显得很疼。

"你看，说中了吧。"我说。

然而，"主公"捂着手，一动不动。

"你没事吧？"

"疼得厉害……"

说着，"主公"看了一眼自己的手，目瞪口呆：腕部以下全没了，满是鲜血。

"啊！"

"主公"尖声叫起来，我一看地板上，她刚掉落的那本书正大口嚼着断掌。我根本不知道发生了什么事，只是呆呆地站在那里。"主公"一直拼死狂吼。近处好像有什么东西在动，我飞快地看了一眼自己的手腕，发现怀里最上面那本书正张大嘴巴要啃我的手腕，嘴巴里露出无数成排的牙齿。我慌忙想甩掉书，身子却像被紧紧地绑住了，动弹不得。我觉得完蛋了，书早已像蛇一样缠住了我的手腕。

"啊啊啊……"

这当然是个梦。我睁开眼睛，汗流浃背，明知道是梦，还是确认了一下手腕还在，这才放下心来。

从图书馆被送回来，直到刚才，我一直昏睡不醒。还以为不过睡了半天，谁想已经过了一天半。

听到我的叫喊声，妈妈过来了。

"这倒好，大概治好了失眠症。"我兀自开着玩笑。

看到我毫不在乎的态度，妈妈目瞪口呆，砰地敲了一下我的额头。

"干什么呀？我可是病人。"

"是病人的话，拜托你去医院。"

"卢梭说过，惧怕疾病与痛苦是人的弱点。"

"……烧好像还没退。"

妈妈把湿答答的毛巾敷在我刚刚被她敲过的额头上，走出房间。

"等一下……"

毛巾淌的水一直流到脖子，我却没有力气对付它。

"喂……水淌下来了……妈妈！"

第二天傍晚，绫子和阿绿来探望我。

她们两个把我这个病人撇在一边，只顾聊天，还吃光了给我买的香草味儿的点心。要是平时，我肯定跳起来去抢，但今天实在吃不下。绫子喝茶润了润喉咙,想起了什么似的,回头看着我。

"对了,'主公'问你好呢。"

"是吗。"

"她今天在书库里受伤了。"

"手腕?"

"你怎么知道?"

我想,这恐怕也是个梦吧,却弄不清楚。

"'主公'还真是个怪人。今天大家商量着带什么来看望阿树,你猜她说带什么。"

"什么?"

"猜猜嘛。"

"……不知道。"

"蝮蛇酒,而且是把一条活生生的蝮蛇团成团,浸泡在里面的那种。"

我毛骨悚然,从床上跳了起来。

"她绝对不正常。"

"奇怪吧。"

绫子和阿绿也一句句"奇怪"、"奇怪"地附和。

"对了……你们说什么奇怪来着?"

我说着，转头一看，两人已经不知去向。从点心的残渣看来，似乎不是做梦。可能是我不知何时睡了过去，两人就悄悄地走了。

房间里笼罩着淡淡的黑暗，我想喝水，一看枕边，一封信和水杯、药瓶放在一起。已经见怪不怪了，这信肯定是渡边博子寄来的。

我看了信。

藤井树：

你好。谢谢你的来信。

下个月我要到小樽去。

你有时间吗？

多年没见，能见到阿树了，真让人期待。

你的发型变了没有？

到附近我再给你打电话。

渡边博子

博子要来了。

我很开心，给她写了回信。

渡边博子：

　　你好。

　　真是好久不见了。

　　你能在这边待几天？

　　如果不介意，就住我家吧，我攒了好多话要对你说。

　　一两个晚上我觉得根本不够……

　刚写到这里，梦就醒了。已经是午夜了，我浑身被汗湿透。到底从哪里开始是做梦呢？我也不是很清楚。

　我起床去上厕所，上完厕所正要上楼，妈妈探出头来。

"没事吧？"

"嗯，现在好了，快取得最后的胜利了。"

"胡说，不是又出了很多汗吗？快去换一换睡衣。"

"嗯。"

　我摇摇晃晃地上了楼梯，回到房间，从衣柜里取出新睡衣，想套进袖子，但是黑暗中找不到袖子在哪儿。我把睡衣罩在脑袋上，打开落地灯。伸出脑袋找袖口时，发现桌上有一件奇怪的东西。

　那是一瓶一升装的蝮蛇酒，里面泡着一条硕大无比的蝮蛇。

我又醒了。

我就这样在半梦半醒之间徘徊，终于迎来了清晨。坐在餐桌旁面对着早餐的粥，总觉得自己还在半梦半醒的状态。

"早上好！"

一大早，门口就传来劲头十足的问候声。

"阿部粕姑父？"

"是我，一起去看新房子。"

"啊，太好了，我也想去。"

"又胡说，你是病人啊。"

"看看房子不要紧的。"

妈妈不理睬我，走出房间，却又马上折了回来，问："你这样就可以出门吗？"

我急忙换了衣服。

阿部粕是去世的爸爸的妹夫，经营房地产。以前只要一提起换房子，这个人肯定会出现。如果不是因为换房子这回事，他和姑妈也不可能结婚。这座房子也是两人相识的契机。出于这个原因，阿部粕曾经毫无顾忌地说，给我们家搬家是他毕生的事业。爷爷责问他，是不是打算把带给他姻缘的房子拆了。阿部粕的说法是，拆的话，至少也要拆在他手里。

于是，爷爷一直不喜欢这个女婿。

正在院子里修剪花草树木的爷爷不满地瞪着我们走出大门。他肯定在想——这个叛徒！

"爷爷还在反对呀？"阿部粕边开车边问，"一大早就挖地种东西，毕竟住久了，还在恋恋不舍吧。"

"阿部粕姑父，这话听起来不像是没道德的房地产商的台词哦。"

"又来了，阿树，谁不道德了？"

"也没法一味顾念老人念旧的心情吧，再有五年，顶棚就要塌了，这不是你说的吗？"妈妈说。

"这肯定没错，老实说，现在住着都挺危险的。"

"没必要讲得这样明白。"

"啊，没有别的意思，不过是说说……哈哈哈哈哈！"

狒狒一般的笑声回荡在狭窄的车厢里。

"不过，如果哥哥还健在，也会想办法解决这件事的。已经有六十年了吧？战前盖的吧？过去的建筑，盖的时候太精细，现在重新盖一栋比修缮还要便宜呢。"阿部粕说。

这话我听过一百遍了。

车里的暖气开得太热，缩成一团的我还裹着从家里带来的毛毯。

"啊,有点热。"

我说着,打算把毛毯掀开,妈妈从副驾驶座上回头瞪了我一眼。

"盖好了!"

我对这种命令从来都是左耳进右耳出,不过今天为了看房子,我只得老老实实地照她说的去做。

阿部粕插嘴道:

"阿树,感冒可不能马虎哟,你知道 Marimo 电器行吗?"

"丸商公司对面那家?"

"没错,那儿的老板是我们的客户,前不久得了感冒,老不好。他平时不怎么感冒,还说自己是'罗汉得病[①]',谁知道这种人才危险,不知怎么突然加重了……说是肺炎。"

"死了吗?"

"怎么可能,肺炎死不了人,住了差不多一个月的院。"

"我爸爸就是得肺炎死的。"

"是吗?大哥他是肺炎吗?"

妈妈冷冰冰的视线投向他。"你已经忘了?"

"怎么会?我可没忘。"

"你这个人,怎么说他也是你老婆的大哥啊!"

[①] 指平时身强力壮的人突然得病。

"我说我没忘。"

"反正大家都不记得死人的事。"

"嫂子……"

阿部粕被穷追猛打,十分窘迫。我不由得笑了出来。但妈妈紧跟着又补充了一句,我把笑憋了回去。

"父亲患感冒而死,女儿还一点都不吸取教训。"

"扑哧……"

妈妈回头问:"有什么不对吗?"

没必要解释,我默不作声,不想再惹她了。

"哈哈哈!"

车内狭小的空间被"狒狒"的笑声淹没了。他乐得脸都抽筋了。

本来是去看房子,车却先开到了市中心的红十字医院。妈妈他们事先计划好了。

"没想到吧?你中计了。"

妈妈和阿部粕扔下这句令人憎恶的话,看房子去了。

我到底多少年没来过医院了?虽然不太确定,不过,自从初中三年级以来,我就没踏进过这家红十字医院。

我无法忘记,爸爸就是在这家医院咽气的。虽然被妈妈突然扔在这里,但一想到这件事,我就不愿意在这个地方继续待下去。别人和我自己一样，都毫不怀疑地认为我讨厌医院。没错，这里就是让我饱受心灵创伤的地方。然而，妈妈完全没有这种感性，连治鼻窦炎这种小毛病也平心静气地进出这里。相反，有时不过是电视剧中要出现有人病死的场面，她就眼泪汪汪，赶忙把电视关了。她那种感性，我就没有。

爸爸突然去世，没有给当时的我带来应有的悲伤，我甚至不记得自己哭过。有生以来第一次面对亲人的死亡，我陷入了"这到底是怎么回事"的思考中。一切就这么结束了。我当时就是这种感觉。剩下的印象不过是沉重、暗淡、莫名其妙的淡淡的空虚。

医院特有的味道肆无忌惮地刺激着那时的记忆，我彻头彻尾地变得沉重、暗淡，感到一丝丝空虚。候诊室里的书架上摆了一整套漫画书，我随意从中抽出一本，坐在长椅上。

我的候诊编号一直闪烁在液晶显示屏最后的位置，总也不向前走。这段时间，我已经读完了五本漫画书。看得差不多了，就换成《新潮周刊》。我胡乱地翻着，不知不觉打起盹儿来。

就这么点时间，我做了一个梦，梦里是中学时代的我、妈妈，还有爷爷。我在路上发现了一个结冰的大水塘，于是助跑几步，顺势在上面滑起了冰。

"当心！"

身后传来妈妈的叫声。

这或许不能说是梦。为什么呢？因为这是现实中发生过的事，就是爸爸去世那天，从医院回来的路上的情景。我可能是似睡非睡地打着盹儿，想起了这件事。

"藤井！"

突然被叫到，我醒了。

"藤井树！"

"到！"

我还没有完全清醒过来，脑海里有人和我一起应了一声"到"。

难道？现在……

不可思议的是，我的脑海里浮现出一个少年的身影，那个身穿学生制服的少年正用一种凛然的目光注视着我。

小樽是北方的一个小港，道路两旁排列着很多保持着原貌的古老建筑。正如秋叶所说，其中有几家相邻的玻璃工艺品店。

秋叶带博子去了朋友的玻璃作坊。秋叶说，那家作坊比自己的作坊要大，装修得更气派。

"你们还挺为参观者着想的嘛。"

这里还预备了参观者专用的通道。

秋叶的朋友是个大块头男人，用"豪迈"来形容再合适不过。这样的人从事玻璃工艺这种慢工细活，博子总觉得有点不相称。

"这是吉田。"

"请多关照。"

吉田冲博子伸出让人望而生畏的毛茸茸的大手。握上去很粗糙，感觉有点像秋叶的手。可能玻璃工匠的手都是这样吧。

"是你的女朋友吗？"吉田问。

"藤井从前的未婚妻。"

"什么？噢，是这样啊。"

吉田有点诧异。

"您认识他吗？"博子问。

"大学校友。"

"学校很小，大家好像都挺熟的。"秋叶说道。

"……是这样啊。"

"对了，吉田，展览会在哪儿举办？"

"哈哈哈哈，可没有展览会那么大场面。"

开始以为他是谦虚，其实，就算真的认同他的谦虚，"展览会"的规模也略显不足。两人被带到一楼的店面。还以为在哪儿呢，原来不过是在一块榻榻米大小的地方，摆放着十来个大大小小的花瓶，这就是展览会了。还挂着一块牌子，上面写着"小樽新锐艺术家五人展"。

"就这些？"

"哈哈哈哈。"

"专程把我从神户叫来，就只有这些？吉田，你这是欺诈！"秋叶嚷起来。

"哈哈哈，一开始说实话，你就不来了。好了，晚上请你喝好酒，别介意啊。"

吉田说着，拍拍秋叶的肩膀。

那天晚上，吉田和那些伙伴一起，在当地的酒吧举行了聚会，谈的净是玻璃的话题，博子只能听着。

"藤井树？知道啊。"

博子不由得侧耳倾听，才发现已经谈到这个话题了。

"什么？真的？"秋叶兴奋地反问道。

"嗯，上小学时我们同年级，经常一起玩。"

吉田的伙伴——一个叫大友的男人说。

"这地方实在太小了。"吉田也深有同感地说道。

"那家伙的家在哪边？"秋叶问。

"怎么了？"

"好像有一个叫钱函的地方，是在那边吧？"

"不是钱函。他住的地方叫'奥特茂'。"

"奥特茂？"

难道这个听起来很陌生的地方是他从前的住址？

两人拜托大友，第二天带他们去了那个地方。

一到那里，大友就大声说："对了，修五号线时已经拆了。"

正如安代所言，国道五号线横贯眼前的土地。即便如此，三人仍然开始搜寻他曾经的地址。

"应该就在这里。"

大友对照着周围的环境，指着一个地方。果然是马路中央。

车辆穿梭往来，车里的人看到这三个人站在马路中央盯着地面看，都大感不解。

"连小屋也没有。"

秋叶对博子耳语，又问大友：

"你认识和那家伙同名同姓的人吗，都叫藤井的？"

"藤井？这我就不知道了。"

"大友，你上的也是色内中学吗？"

"不是，学区不一样，我上的是长桥中学。"

"是这样啊。"

无论如何,安代说得没错。那个地址果然不是阿树的。

秋叶回过头,看见博子一直盯着脚底下。

"怎么了?"

博子没有抬头,只是苦笑。

"我……"

"嗯?"

"第一封信,就是寄到这里的。"

博子指着路面。

第六章

两人谢了大友就告辞了,然后打了一辆出租车,目的地是那封信的地址。

"去钱函二丁目二十四番地。谢谢。"秋叶对司机说道。

"你们是从大阪来的吗?"

"不,是从神户。"

"哦,大阪和神户的口音不一样吗?"

"是啊。"

秋叶和司机聊天时,博子眺望着窗外的风景。或许是因为坡多,她觉得和神户有点像。博子胡思乱想着,内心十分紧张:说是要和她见面,心里却根本没有做好准备。

"喂……"

"嗯?"

"说要见面什么的,合适吗?"

"这个嘛,怎么说呢?"

秋叶漫不经心地支吾着,不一会儿就来到了目的地附近。

"就在这附近吧。"司机说。

"是吗?是这附近吗?"秋叶反问道。

两人下了出租车。这一带住户稀少,他们打算从最近的那一家转起。来到那一家,门牌上千真万确地写着"藤井"。这是一所北海道特有的古朴可爱的洋房。

"我就说有吧。"

"我们怎么办?"

博子越来越难以抑制内心的不安。

"我们是出门旅游的,不是有句话说'出门在外,做点傻事也无妨'吗?"

秋叶说着,忽地进了院门。

"有人在家吗?"

一位老人从院子里走出来,秋叶低下头深深一鞠躬,向老人打招呼。博子也赶紧小声问好。不过,博子站的位置,对方是看不见的。

"请问,这里是藤井树家吗?"

"是的。"

"那阿树在家吗?"

"不在家。"

"哦,这样啊。"

"你是她的朋友吗?"

"不,我是……算是吧。"

"我想她快回来了。"

"她去哪儿了?"

老人意外地变了脸色。

"不知道啊,这个家里的人,什么都不告诉我。"

"噢,是吗?"

"她们想去哪里去哪里,我反正要一直待在这里!"

"什么?"

老人好像当秋叶不存在似的,打算朝庭院走去,秋叶喊住了他。

"喂!"

"嗯?"

老人回过头来。

"您一直住在这里吗?"

"是的。"

"从什么时候开始?"

"很早以前。"

"有十年了吗?"

"还要更早,昭和初期吧。"

"那么早以前!"

"怎么了?"

"没什么。房子很漂亮。"

"你是谁?"

"怎么了?"

出乎意料地,老人起了戒心。

"你是房地产商?"

"不不,我不是。"

"阿部粕的同事?"

"阿部粕?是谁啊?"

"我弄错了吗?"

"……"

老人惶恐地盯着秋叶看了一会儿,然后嘴里嘟囔着,消失在院子那头。秋叶舒了一口气。

"这位老爷爷怎么了?"

说着,秋叶回到博子身边。

"看来,还真有一个叫藤井树的女孩。"

"我听见了。"

"哦,说是她快回来了,怎么办?我们在这附近等吗?"

博子还没有鼓起和对方见面的勇气,但既然已经来到了这里,也没有理由回去。

两人在大门旁等她回来。博子利用这段时间写了封信,也是为了整理自己的感情。而且,如果这封信写完了,她还不回来的话,博子打算把信投进信箱后就离开。

藤井树:

你好。

为了来见你,也为了来向你道歉,我来到了小樽。

现在的这封信是在你家门口写的。

我认识的藤井树好像不是你。

今天,我来到这里,一切才真相大白。

我说的藤井树是男的,是我以前的男朋友。

不久前,我无意中发现了他从前的地址。

我以为不会寄到,才写了信。就是你收到的第一封信。

他在两年前……

博子停下了笔,把刚写下的"他在两年前"那一句画了几道，涂掉了，接着写道：

> 我不知道他现在人在哪里，在做什么。
> 不过就算现在，我也时常想起他。
> 不知他是否在某个地方过得还好。
> 我怀着这样的心情写了那封信。
> 要是真的寄不到，就好了。
> 我没想到，那封信竟然寄到了同名同姓的你手里。
> 给你添了麻烦，实在过意不去。
> 我并没有恶意。
> 我很想见你一面，却无法鼓起勇气。
> 我们只是文字之交。
> 请允许我谨用书信向你道别。
>
> 渡边博子

博子抬起脸来，秋叶正在偷看。博子不好意思地边掩饰边叠起信纸，装进信封。

环视四周，却没发现她回来。

"我们走吧。"博子说。

"不等了？"

"嗯。"

博子说着，把信投进信箱。这时，远处传来了摩托车的声音。回头一看，邮递员笑嘻嘻地从远处驶来。

博子鬼使神差地和他打了招呼。

"你好，邮递员。"

"啊……"邮递员直接将邮件递给博子，然后转过身，诧异地盯着秋叶。

接着，他跨上摩托车，像想起了什么似的，"啊"地叫了一声，回过头来。

"对了。"

邮递员冲博子喊。

"什么？"

"……算了，下次再说吧。"邮递员说着离开了。

"认错人了吧？"秋叶说道。

"是吧……"

"小樽人总让人觉得怪怪的。"

回去的路上，一辆出租车过来，但载着客人。

"唉，偏僻的小巷，还好马上就到繁华地段了。"

两人无奈，只能步行。

"那个，"秋叶说，"刚才写的信……"

"怎么了？"

"……为什么撒谎？"

"什么？"

"没说他已经死了。"

"……"

"你没写吧？"

"……"

"为什么？"

"为什么……何必多事呢。"

"这是多事吗？或许吧……"

身后传来汽车喇叭声，两人吓了一跳。回头一看，一辆出租车停在那里。一看司机，有些面熟，正是载他们过来的那辆出租车。

"嗨，真是幸运。"

两人上了车。司机也为这次偶然的重逢感到高兴。

"你们刚才是不是在坡上招手？刚把客人放下，我赶紧掉头回来了。"

"是吗？真高兴啊。"

"上哪儿？"

"什么？噢，去哪儿呢。"

博子突然注意到反光镜里司机的目光。

"嗯？"

注意到博子正看着自己，司机不好意思地说道：

"啊，这位客人和刚才乘车的那位客人可真像啊。"

"什么？我？"秋叶呆头呆脑地问。

"不是，是旁边的那位小姐。"

"她？"

"真的很像，是不是姐妹啊？"

博子摆手。"不不，不可能，我第一次来小樽。"

"啊，是吗。完全不认识，那就是偶然的相似了。"

司机说道，又通过反光镜看了博子好几眼。博子窘迫地苦笑，然后把视线转向窗外。突然，她大声说：

"啊，请停一下。"

出租车停在了一所学校门口。

"怎么了？"

"就是这所学校……"

两个人在那里下了车。

校门上写着"小樽市立色内中学"，从他的相册上看到的中学就是这里。

操场上没有一个人。

"现在这个时候是春假①吧?"

"是呀。"

接下来,两人在学校里探寻。这是他上的第一所中学。校舍结构和其他学校都差不多,两人按照对各自学校的印象,在这所学校里转来转去。

"被发现了要挨骂的。"

说着,两人潜到了校舍里面,教师办公室里似乎有人。两人蹑手蹑脚地从办公室前走过,博子寻找着他的教室。她清楚地记得相册上写着三年级二班。

三楼从里数第二间就是那间教室。两人走进教室。

"他就是在这里学习的。"

"学习?不过是在课本上乱涂乱画吧?"

"或许吧。"

博子回答得有点心不在焉,一种不可思议的感觉包围了她。

"他的座位在哪儿?"

说话时,博子正坐在教室靠窗的位子上。

"是这附近吗?"

博子环视了教室一圈,然后眺望着窗外。

"这是我不知道的地方,这种地方肯定还有很多。"

---

① 日本学校一年有三个假期,分别是春假、暑假和寒假。春假在每年三月。

"是啊。"

秋叶坐在中间的位子上。

"那同名同姓的女孩子,是他同年级的同学吗?"

"什么?"

"地方很小,说不定会有这种巧合。"

"……也是。"

秋叶突然双手一拍。

"是了,肯定是这样!"

"什么?"

"啊,这样所有的谜底都揭开了。"

"什么呀?"

"怎么?你不明白?"

"又是猜谜游戏?"

"不是,因为博子你傻乎乎的,所以我才替你想。"

"什么,我很傻吗?"

"傻瓜,你的傻就是事情的关键。"

"怎么回事?"

"相册。"

"相册?"

"那个地址是从相册中找到的吧?"

"嗯。"

"就是说，那女孩的地址也写在上面。"

"……"

"这么说来，那女孩不就和那家伙一样，都是这里的毕业生吗？"

"……"

"肯定因为名字一样，所以博子你无意中抄错了。"

如果两人一同毕业，她的地址肯定也在那本相册上。那么，的确会把那个地址误认为他的。

"是吗？"

"肯定没错。"

"这么说，全是我的错？"博子有点难过。

"就是这么回事。"

秋叶笑嘻嘻地走到黑板前，随手画了一幅小画，画的是两人合打一把伞。伞下写了两个藤井树的名字。

"不过，一个学校，同名同姓，有这种可能吗？"

"还是一男一女。"

"虽然很罕见，也不是没有可能。"

"是啊。"

"没准那女孩是藤井的初恋情人。"

"什么？"

刹那间，博子想起了什么。她想追溯，记忆却突然被打断，消失得无影无踪。

"你们是怎么回事？"

一位值勤的老师站在门口。两人慌忙从对面的门逃了出去，接着跑到走廊，跑下楼梯，飞奔出学校。

秋叶在操场上边跑边说：

"我们大老远来小樽做什么啊？"

出了校门，那位开出租车的大叔正笑呵呵地等在那里。

从医院回来，我在信箱里发现了一封写给我的信。那封信没有邮戳也没有邮票，信封也没有糊上。而且，背面千真万确地写着渡边博子的名字。我立刻拆开了。

藤井树：

你好。

为了来见你，也为了来向你道歉，我来到了小樽。

现在的这封信是在你家门口写的。

我大吃一惊。心脏受到过度冲击,几乎崩溃。我不禁环顾四周,四处都看不到可疑的人影。

"阿树!"爷爷在院子里叫我,"你朋友来过。"

"什么样的人?"

"一个男的和……"

"男的?"

"不是,好像还有一个女的,一起来的。"

"什么样的女孩?"

"没看清楚。"

"……"

那女孩就是渡边博子吗?男人是同谋?难道"多人作案"之说果真是对的?

"刚才还在门口等呢,等得不耐烦才回去了吧。"

我去了二楼的房间,看完剩下的信。

> 我认识的藤井树好像不是你。
> 今天,我来到这里,一切才真相大白。
> 我说的藤井树是男的,是我以前的男朋友。
> 不久前,我无意中发现了他从前的地址。
> 我以为不会寄到,才写了信。就是你收到的第一封信。

接着读信时,我感觉这几个星期——也就是从收到第一封信起直到今天这段时间里——不由自主绷得紧紧的神经,不知不觉放松了。

给你添了麻烦,实在过意不去。
我并没有恶意。
我很想见你一面,却无法鼓起勇气。
我们只是文字之交。
请允许我谨用书信向你道别。

渡边博子

原来是这么回事啊!

结果,我的"病人"之说,"主公"的"双重人格"之说,都不过是杞人忧天的奇思怪想罢了。

不过,引起她的误会、和我同名同姓的藤井树是什么样的人呢?想到这个问题的一刹那,一个少年的脸孔浮现出来,就是刚才在医院候诊室里突然想起的那个少年。他是我中学时代的同学。我知道的唯一一个和我同名同姓的人。同名同姓,而且还是男的。博子的信里这么写的。

不久前，我无意中发现了他从前的地址。

我以为不会寄到，才写了信。就是你收到的第一封信。

我的目光落在这句话上。在我的印象中，他应该在初三时转到别的学校去了。

"是指那家伙吗？"

然而，没有证据证明说的就是他。我把信插到信袋里。这么短的时间内，她一共来了六封信。信里是渡边博子对另一个藤井树的深切思念。

当然，我不可能知道，那两封笔迹不同的信是一个叫秋叶的人写的，就算知道了，也对这件事没什么影响。

仔细想来，渡边博子与另外一个同名同姓的男人，都和我没关系，我却被扯了进来，感冒久治不愈恐怕还是这个原因造成的吧。这么一想，只觉得自己有些蠢，却没觉得不可思议，心情也不是很糟糕。

秋叶画的双人伞的涂鸦，一直留在三年级二班的黑板上，直到春假结束。

第七章

办完了退房手续，博子和秋叶走出酒店。吉田等在那里，说要开车送他们到千岁机场。

就在秋叶他们往后备厢里塞行李时，博子站在人行道上，留恋地呼吸着小樽的空气。十字路口一角的邮筒忽然映入眼帘。或许因为这几个星期写信的关系，博子才会留意这类东西。一个正在上班途中的女孩子停下自行车，把信投到邮筒里。

同名同姓的藤井树说不定也是这样把信投到这个邮筒里的。想着想着，博子无意中看到了那个女孩子的脸，她倒吸一口冷气。

"像"这个字眼根本不足以形容。那个女孩实在太像博子了，简直是另一个博子！

对方根本没注意到博子，寄完信，跨上自行车朝这边骑过来。博子慌忙垂下头，把脸藏了起来。自行车从身边骑过，博子转过身，追随着那个身影，不由自主地开口叫道：

"藤井！"

这是直觉。邮递员的误认、出租车司机的话仿佛都在印证这个直觉，她想甩都无法甩开。

那女孩听见喊声，停下了自行车。她瞪大了眼睛东张西望。没错，博子确信她就是藤井树。她屏住呼吸，牢牢地盯着那个身影。然而，女孩最终没有发现人山人海中的博子，又踩着脚踏板骑车走了。直到看不见自行车了，博子还控制不住怦怦直跳的心。

"博子？"

秋叶拍拍博子的肩膀。

"怎么了？"

博子回过头去，想挤出一个"没什么"的笑容，但紧张的表情反而暴露无遗，她笑不出来。

在乘车到千岁机场的途中，在飞机上，博子一直心不在焉。那骑自行车的女孩在脑海中挥之不去。

"博子。"

"怎么了？"

博子转头一看，秋叶以一种奇怪的表情看着她。

"嗯……怎么了？"

"发什么呆呢？"

"什么？嗯……"

"你看，和地图的形状一模一样。"

秋叶指着窗外。那里可以清楚地看到下北半岛①极具特征的海岸线。

几天后，博子在信箱里发现了一封信，就是她在酒店前眼看着投进邮筒的那封。

渡边博子：

　　你好。

　　我在不知情的情况下，寄了很无礼的信给你，请你原谅。

　　不过，我想告诉你一个值得一听的消息。

　　其实我在读初中时，班上有个同名同姓的男生。

　　或许你说的藤井树就是他吧？

　　同名同姓的男生和女生，有点不寻常吧？

　　转而一想，又觉得并非不可能。

---

①日本本州岛青森县东北部呈斧子状突出的半岛。

你觉得呢?

要说我能想到的,也就是这些了。如果对你有所帮助,那就太荣幸了。

托你的福,感冒也好多了。你也要多多保重身体,再见。

藤井树

给渡边博子写完道歉信后,又过了一个星期,我的感冒终于逐渐好转,图书馆总算允许我站在前台了。

博子在我家门口写的那封信,我只给"主公"看了。对我而言,这封信的内容足够戏剧化了,而"主公"看上去似乎不感兴趣。

"原来不是双重人格呀,无聊!"

这就是"主公"的感想。

我家的搬家事宜进展顺利。在阿部粕的帮助下,总算找到了合适的公寓。下次看房子,我也可以去了。

那房子紧靠小樽站,光线充足,房间比现在的房子要小得多。不过,把这座破房子卖掉,交完税,算算剩下的钱买得起的房子,我们也就不指望宽敞之类的了。

"这大小正适合三个人住。"妈妈说。

"就是。现在的房子三个人住太大了吧？"阿部粕说。

"是啊，还有三间房闲置着。"

"对吧？"

"要不要招个房客来住？"

"嫂子，要是考虑这些事，搬家又要延迟了。"

"啊，对呀。"

阿部粕拼命鼓动我们作决定。

"最后关头，反悔可就糟了！"

我替阿部粕说出了他心中的想法。阿部粕挠挠脑袋。

"不管怎样，尽快定下来吧……那房子挺抢手。"

"已经定下来了。"妈妈说，表情显得疲惫不堪，"剩下的是该怎么说服爷爷。"

这的确是个问题。

妈妈一回到家，就冲爷爷展开了她那强有力的攻势。

"不管还有多少年，这房子肯定要被拆掉，这你是知道的，她爷爷。既然这样的话，我觉得最好现在先作准备。"

爷爷不等妈妈说完，就站起身来打算走出房间。这个举动似乎让妈妈觉得不可接受，她冲着爷爷的背影大声嚷道：

"我已经决定了！"

爷爷头也不回地说："我反对。"

"那你坐下来。"

"……"

"坐下来听我说。"

"我已经明白了。"

"你明白什么?!"

"我明白了,是不是我怎么反对都没用?"

"……是。"

"那就只能搬家了。"

爷爷说完,走出了房间。爷爷终于屈服了。不过他太容易就屈服了,这让我有点扫兴。

"这个老头。"

妈妈不高兴地嘟囔着。又过了一会儿,她问我:

"刚才爷爷说过'只能搬家了'?"

刚才妈妈怒火中烧,没听清关键的部分。不管怎样,我家搬家的事就这样定下来了。我们定于下月中旬迁入新居。

"把行李一点一点地整理好了!"

妈妈的命令针对的是阁楼的书房。那里曾经是父亲的书库。自从我开始在那里摆放自己的书,阁楼就渐渐变得凌乱,如今怕是连落脚的地方都没有了。星期天,我下定决心来到许久没来的阁楼,但是收拾了一刻钟,越收拾越乱。整理书架这种事情,我在工作时不觉得辛苦,但轮到收拾自家的书架时,却突然嫌起麻烦来。这是怎么回事?我正胡思乱想,一本册子跃入眼帘。那是中学时代的毕业相册。

我拿起毕业相册,翻阅起来,想起毕业以后还一次也没有翻开过。内页竟然保存得很好,发出新纸清脆的沙沙声,还留着新册子特有的气味。

我找出三年级二班的集体合影。曾经的同窗天真烂漫的脸孔一个挨着一个。

"大家都变得这么年轻了。"

不是大家变得年轻,而是我老了。

另外那一位藤井树特立独行,一个人孤零零地浮在圆圈中央。没准就是这个中学生和那位渡边博子相识后又分手。但拍照时他对此一无所知,看上去天真无邪。想到这一点,就觉得特别滑稽。

我收拾书房半途而废,结果只抱着这本相册走出了阁楼。

博子去了他的家,为了找那本毕业相册。一切的起因都是那本相册,所有的谜底也都藏在其中。

安代被清早突然出现的博子吓了一跳,冷不防听她说要看毕业相册，更显得大惑不解。她应要求拿出了相册，博子接过来，在玄关坐下。

"博子，进来。"

"……好。"

沉浸在毕业相册中的博子，心不在焉地答应了一声。

"先进来吧。"

"好。"

博子说着，脱了鞋，眼睛仍然盯在相册上，身子却没动。安代惊讶地说道："博子看上去挺文静的，还真性急呢。"

"啊？"

"拜托你，给我进来！"

安代不由分说，把博子拉进了起居室。即便这样，博子的目光仍然没有离开相册。

博子先确认了最后的地址簿，正如秋叶猜测的那样，被博子抄下地址的藤井树在三年级二班的女生名单里，男生名单里怎么找都没找到他的名字。登在地址簿上的"藤井树"，只有她一个。博子把这个误认为是他，也不无道理。

"你在找什么？那么认真。"安代边沏茶边说。

"他的名字……"

"什么？"

"这上面没有他的名字。"

"是吗？"

"这是三年级二班。"

安代看了看相册。

"是因为毕业前搬走了吧。没登记吗？"

肯定是这样的。不管怎样，解开了一个谜。那些书信往来以及小樽之行，都始于这个小小的错误。

博子翻到合影页，又见到三年级二班的同学们了。这是再度的重逢。集体合影下面，依照照片里排列的顺序，记录着各人的名字。他的名字浮在圆圈中央，和其他人的有点距离。

……藤井树。

肯定还有一个一模一样的名字。

学生们的名字是纤细的印刷体，密密麻麻地排列着。博子在其中寻找另外一个藤井树，很快就找到了那个名字，又依据名字从照片中找出了她。

不是第一次见到这个女孩了。她正是两周年祭日那天，安代开玩笑地指着说像博子的那个女孩。

安代等得不耐烦，追问博子能否告诉她是怎么回事，博子却反问道：

"请问……他是不是有一个同名同姓的同学？"

"什么？"

安代愣了一下，又好像想起来了，"哦"了一声。

"说起来，是有吧。啊，有的有的，我想起来了。"

"您还记得吗？"

"有一次，和我家的孩子弄混了。"

安代从博子手中接过相册，开始寻找刚才提到的那个女孩，边找边给博子讲了一件趣事。

"那孩子曾遇到交通事故，你知道的，那孩子右腿不是有点毛病吗？"

"嗯。"

"就是当时的后遗症。是什么时候呢……上学途中被卡车撞到，不过只伤了腿。当时学校的老师们误认为是另一个孩子，给那家打了电话，很快就发现弄错了，又给我们家打了电话。可我到医院一看，对方的家长也在。发生这么一件事，大家都大笑起来。阿树伤得很重，躺了一个月才全好。这件事很奇怪吧。"

"那个人，是什么样的人？"

"这个嘛，我见过她吗？"

"是这个。"

博子指给安代看这个女孩的照片。

"不记得了。"

"像吗，这张照片？"

"什么？"

"和我像吗？"

"和博子？"

安代对比了一下照片和博子。"像吧。"

"您说过像的，妈妈。"

"我说过吗？"

"说过的。"

"什么时候？"

"上次。"

"是吗？"

安代又重新看了一遍照片。

"这么说，是有点像。"

"您说过的，上次。"

"真的？"

"……还说是他的初恋情人。"

"这个女孩？"

"您说可能是。"

"……"

安代不太理解博子到底在意什么,她觉得似乎有隐情,便试探着说:"确实,仔细看的话是很像。"

博子的脸上现出了不安。这没有逃过安代的眼睛。

"像又怎样?"

"啊?"

"这女孩和你像,又有什么关系?"

"没,没什么。"

"骗人。"

"真的。"

看起来博子在拼命掩饰什么。不过安代觉得她不擅长掩饰,这正是博子的可爱之处。安代突然莫名其妙地涌起了母性的本能。她还是想把这个孩子当成自己的媳妇。

"博子。"

安代戏谑地掐了一下博子的脸蛋。出其不意被掐了一下,博子吓了一跳。

"你的表情说,你在撒谎。"安代的口气像对年幼的女儿讲话,"像的话,又怎么样?"

然而,这回轮到安代吃惊了:博子紧闭着嘴,两只眼睛里充满泪水。

"像的话……我就不原谅他。"

博子拼命地把眼泪往肚里咽。

"如果这就是他选择我的理由,妈妈,我该怎么办?"

该怎么办呢?被问的安代也不知该如何回答。

"……怎么办呢?"

安代也语无伦次了。

"他说对我是一见钟情。"

"是呀,他这么说过。"

"但一见钟情也有一见钟情的理由吧。"

"……"

"我被他骗了。"

"博子,你在吃这个中学生的醋吗?"

"……是的。奇怪吗?"

"奇怪呀。"

"是很奇怪。"

已经过去两年了,博子还会为儿子流泪,这让安代感到震撼。

"不过,那孩子真幸福啊,博子还这么在乎他。"

"一说这话,我又要哭了。"

博子好不容易止住的眼泪,又充满了眼眶。

"……还是不能轻易地忘记。"

博子边擦泪边苦笑。

或许是不知不觉受到了感染，安代也激动得热泪盈眶。她把相册送给了博子。

上班迟到了，博子在有点空旷的车厢里再次翻开了相册。

"你相信一见钟情吗？"

这句他说过的话，一直回荡在博子的脑海里。这是他第一次和博子说的话。

当时博子还是短期大学的学生。好朋友小野寺真澄有一个美术大学的男朋友。有一天，真澄邀博子去看美术大学的展览。真澄的男朋友在前台做接待，一时走不开，说一会儿来找她们，博子她们就先进了展览室。

博子还没看过展览会之类的，有点不知所措地跟在真澄身后，在展览室里转悠。

"有点看不懂。"

博子对请自己来的真澄说。还没看出个所以然来，两人就来到了出口，在摆在出口处的工艺品摊位前打发时间，等真澄的男朋友过来。那摊位上摆放着玻璃水瓶、平底杯、装饰品之类的。博子她们对这些东西更感兴趣。摆摊的大哥很会卖东西，甜言蜜语地哄两人买。

"本来买两个打八折,三个七折,但小姐你们太可爱了,半价卖给你们。"

大哥说着这样的话逗两人笑,最后成功地卖给她们每人三件东西。用纸包装玻璃制品时,大哥说道:

"全都是我的作品,请你们小心使用。"

他就是秋叶。挺不错的人。这是博子对秋叶的第一印象。

这时,一个抱着一大幅油画画布的男人从博子和真澄面前走过,从出口往里走。

"喂!藤井!"

秋叶喊那男人。

那个人转过头来,他留着有点邋遢的胡子,眼睛里也布满血丝,显然是熬了夜。

"才来啊?"

"嗯。"

"展览室都快关门了。"

那男人显得很不高兴,又抱着画布往里走。

奇怪的人。这是博子对藤井树的第一印象。

随后真澄的男朋友过来了,让秋叶大吃一惊。

"哎哟,是师兄的朋友啊?"

"秋叶你这家伙,太不手下留情了。"

"怎么可能？我卖得很便宜。"

那天的接触不过如此。后来过了不久，秋叶通过真澄发来邀请。博子不敢单独去见他，拉真澄一同出席。不知是否出于同样的原因，秋叶也带来了一个朋友，就是阿树。

"不记得了？当时来晚了，抱着画布往里走的那个家伙。"

被秋叶一提醒，博子才终于醒悟，当时那个胡子拉碴的男人和眼前的年轻人是同一个人。然而博子心中却怎么也无法把二人联系在一起。胡子不见了，这天的阿树带着不可思议的透明感。阿树一直沉默寡言，几乎没说话，可能因为渴，喝了好几杯冰咖啡，还上了好几回厕所。而且，总觉得他有点坐立不安，偶尔与博子目光相接，他都慌慌张张地垂下眼帘。

果然是个怪人。博子想。

就在他不知第几次起来上厕所时，真澄悄悄对秋叶说：

"那个人怎么回事？好像有点生气。"

"怯场吧。他对女孩子没有免疫力。"

秋叶说着，表情僵硬地笑了。要说怯场，他也一样。秋叶就是秋叶，目标明明是博子，刚才却一直只和真澄说话，一边说一边感叹这个女人真能说，心里急得不行。

阿树回来后，仍然沉默不语，又点了一杯冰咖啡。没过多久，这回是真澄起来上厕所。掌握谈话主动权的真澄一走，席间有些寂静。对秋叶来说，这是和博子直接搭话的好机会。如果此时不把谈话对象换成博子，看情形，接下来只能一直和真澄聊下去了。然而秋叶却没说话，只是点燃了香烟，浪费了宝贵的时间。他好不容易想开口说话时，阿树突然插了进来。

"那个！"

他的声音紧张得有点尖锐。

"渡边小姐相信一见钟情吗？"

"一见钟情？什么样的？"

"请做我的女朋友吧！"

博子和秋叶不由得瞠目结舌。阿树没再说什么。异样的沉默在三人之间弥漫开来。束手无策的秋叶为了缓和气氛，一不留神说走了嘴。

"这家伙，人很好的。"

秋叶自己给短暂的爱情打上了休止符。

这时，真澄回来了。她坐下没多久就接二连三地提出话题，而三个人的反应莫名其妙地迟钝。

从那以后，博子就和阿树交往了。其中也有秋叶自我牺牲的支持。一度失意的秋叶不可思议地对两个人表示了祝福。考虑了两个星期后，博子告诉阿树：

"我相信你的一见钟情。"

这就是博子的回答。真是奇妙的开端。直到今天，这仍是留在博子心中的最珍贵的回忆。

那句话里，或许有另外一个人的身影。那个人或许就是和他同名同姓的女孩子。也许博子现在发现的，是他本该带到天堂里的不为人知的秘密。

"你相信一见钟情吗？"

不知何处又传来他的声音。

"我曾经相信，可是……"

博子合上了膝上的相册。

照片中的女孩是不是他的初恋情人？

看来，博子还需要写封信。

第八章

藤井树：

你好吗？

你说的藤井树看来正是我认识的藤井树。

这封信的地址是我从他的毕业相册里找到的。

大概你家里也有同样的相册吧？现在正躺在书架上？

我从相册最后一页的名单中发现了这个地址。

怎么也没想到，还有个同名同姓的人。

一切都是我的错。

真对不起。

我查了查相册。最后的确附着地址簿，上面当然有我的名字和地址。

即便如此,这事仍让人觉得不可思议:这么纤细的一行字,偶然间被神户的女孩看在眼里,这种偶然真是不可思议;因此建立了如此奇妙的书信来往,这也不可思议。

信还没完。

不过……已经这么打搅你了,还求你办事,实在有点厚脸皮。

如果你还记得什么有关他的事,请你告诉我好吗?

多无聊的事都可以。

学习好或是不好,擅长运动或是不擅长运动,性格好或是不好,什么都可以。

提出这么冒昧的请求,真不好意思。

你可以把这当成一封愚蠢的信。

如果嫌麻烦,就把它忘了吧。

……但如果你愿意的话,请给我回信。

我也不抱希望地等着你的回信。

渡边博子

"说不抱希望,明明满怀希望!"

不给她写点什么的话,恐怕她是不会善罢甘休的。不过,真的坐到桌子前，我突然感到为难。想起来，我对那家伙没有一点好印象。更准确的说法恐怕是：因为那个家伙，我对自己的中学时代根本没有好印象。

尽管有点踌躇，我还是拿起了笔。

渡边博子：

　　你好。

　　他的事情我的确记得很清楚。能有几个同名同姓的人呢。

　　不过，对他的回忆几乎全和名字有关。

　　这样说，你大概能想象得到。这绝对谈不上是美好的回忆，好像说无聊更合适。

　　可以说，从开学典礼那天起，悲剧就开始了。

　　老师第一次在教室里点名，喊到"藤井树"时，我和他几乎同时答了"到"。接下来的瞬间，班里的视线和骚动全集中在我们身上，很让人害臊。

　　我怎么也没想到竟和同名同姓的男生在一个班上。一想到这一年可能会一直被人嘲弄，我那满载着梦想和希望的中学生活顿时暗淡下来。我曾经想过干脆转学，一切从头开始。但怎么可能因为这种理由转学？我的预料果然没错，只因为同名同姓，就受到周围的人不公正的待遇。暗淡的中学时代正等待着我和他。

我们偶尔一起值日时，从早上开始就阴云密布。

黑板右下角并排写着一样的名字，或被画上双人伞，或在名字下分别画上♂和♀……有时候，比如两人抱着上课要用的材料在楼道里走，或是放学后在教室里写班级日志，被人冷不防地在背后喊一声"藤井树"，两个人就会不由自主地同时回头。大家以此取乐，让人误以为班里一整天都在搞乱糟糟的促销活动。

平时虽然不至于闹到这种地步，但嘲弄似乎永无止境，我一面忍受着苦不堪言的每一天，一面以为这种忍耐不过就一年。哪知到了二年级，我们还在同一个班。

在焕然一新的班级里，大家当然也以全新的心情从头开始嘲弄我们。

而且，不知什么原因，第三年我们还在同一个班。

两年还好说，三年都在一起，把这当成偶然，有点令人难以置信吧？

也有传闻说，这其实是老师们为了取乐故意安排的。虽然没有确凿的证据，不过这个传闻曾被传得活灵活现，却是不争的事实。

这种事旁人听起来或许觉得很有趣，但对当时的我们来说，可真不是开玩笑。

我甚至还认真地想过，干脆让那家伙的父母离婚，他改姓母亲的姓。要不，让姓氏不同的人家要去当养子也好啊。

这样想来，以前我还是个挺恶毒的女孩子呢。

总之，老是这样，所以两个人总是相互回避，印象中，连话都没怎么说过。

如今回想起来，总觉得对他的印象不是很深刻。

很抱歉，这封信不符合你的愿望。

我看了一遍，觉得这封信实在不能说满足了你的要求。

对不起。但这些毕竟是真事，请不要见怪……

再见。

藤井树

藤井树：

你好。

我提出了任性的要求，却收到了你如此郑重的回信，我很感激。

真的谢谢你。

你因为他的缘故，度过了不堪回首的中学时代。这让我有点意外。

我曾期待着，以为事实背后隐藏着更浪漫的回忆呢。所谓的现实，总是不尽如人意吧。

不过，他是怎么想的呢？

和你的心情一样吗？

难道不觉得和自己同名同姓的女孩之间有某种命运的巧合吗？

你们之间没有这样的回忆吗？

如果你记得的话，请告诉我。

渡边博子

渡边博子：

你好。

那种回忆可没有。

上次我只写了一半，为此我向你道歉。

实际上，我们的中学时代杀气腾腾，恋爱什么的根本没有容身之地。

我和他的关系，打个比方，就好像是奥斯维辛集中营中的亚当和夏娃，仿佛生存在不断的冷酷拷问之中。

当然，这对他来说也是一样。只要在同一个班里，这种事情就不可能不发生。如果说这是命运的安排，我们就算不仇恨这种命运，也决不会心存感激。

班委选举时发生的那件事，想起来就觉得心有余悸。那是二年级第二学期的事。

选举班委的投票开始了。

唱票时，不知谁写了这样一张选票混在其中。

"藤井树♡藤井树"

负责唱票的那个人好像是稻叶，没错，就是稻叶，稻叶公贵。

稻叶故意把这张选票大声念了出来。

"哦……藤井树，红心，藤井树。"

负责记录的人还故意把名字连同红心写在了黑板上。大家都拍手叫好。

这还算好的，我们已经习惯了这种程度的嘲弄。

可是还没完呢。

班委选举结束后，接下来是其他职务的选举，比如播音员之类的。最先选的是图书管理员。

我有一种不祥的预感。

发选票纸时，大家都奇怪地面带笑容，前后左右传来他们的窃窃私语："红心，红心。"

结果你已经知晓了吧？我和他几乎全票通过。

名字被念出时，响起了欢呼声。唱票结束的瞬间，那骚乱有点像世界杯比赛的体育场。

我已经彻底地自暴自弃，觉得事情发展到这种地步，我可以哭了。当时，学校有个不成文的规则：哭者胜利。不管怎样，只要哭了，惹你哭的人就是坏蛋。从小学起就是这样。男孩子会担心被贴上"爱哭"的标签，但女孩子不管怎样都是哭的人赢。

只不过，我以前认为哭是怯懦的表现。不是自夸，我从上幼儿园以来，一次都没哭过。

但今天就算了，我心里盘算着，女孩子此时不哭更待何时？不过平时缺乏训练，突然一下子哭不出来。我在桌子下握紧拳头，把牙齿咬得咯咯作响，想把眼泪挤出来，可是不行。

这时，坐在我前面的男生觑了我一眼。

"哎呀！她哭啦！"他好像在给我配音。

那是熊谷和也，好像猴子一样的矮个子。

我怒火中烧，我还没哭呢！这句话已经让我哭不出来了。

我刚想给他一拳出出气,那家伙在我之前出了手。

他踢翻了熊谷和也的椅子,把熊谷掀翻在地。

那家伙还扔下一句"别太嚣张了",就走出了教室。

教室里鸦雀无声。

但在这时,负责唱票的稻叶戏谑地说道:

"爱的胜利……鼓掌!"

这句话被那家伙听见了。

他突然以惊人之势卷土重来,等我回过神来,他们已经打得不可开交。

稻叶开始还说"开玩笑",想试着稳住他,说着说着就热血上涌,叫嚷着:"又不是我干的!又不是我干的!"

稻叶嚷嚷着让人听不懂的话,和他厮打起来。

结果,那家伙骑在稻叶身上,卡住了他的脖子。说不定在一瞬间,他有过杀意,手下根本没有留情。

最后大家慌慌张张地上来劝架,一起把他拉开,才总算劝住。

稻叶那家伙怎样了呢?他口吐白沫昏了过去。那大概是我第一次看到人失去意识的样子。

那时老师终于出现,打斗结束了。不过,我觉得这件事在班上留下了阴影。

从那之后，对我们的侮辱几乎消失了，取而代之，那种被大家疏远的感觉一直保留下来。

当时的投票到底没有被视为无效，我们一起成了图书管理员。但他总是推说忙，几乎不露面。偶尔出现，也净妨碍我，根本没打算干活儿。

升了三年级，换了班。嘲弄我们名字的风气复活时，我还记得自己甚至松了一口气。

上了三年级，大家看起来多少成熟了些，说是嘲弄，却也没有什么过分之举。

啰啰唆唆地说了这么多，归根结底，两个人的关系不过如此。

你期待的那种情况，我觉得在名字不同的人之间发生的概率更高。

但我们之间绝对没有。

……你被他的什么地方吸引了呢？

藤井树

藤井树：

你好。

他那个人，经常眺望远方。

那双眼睛总是清澈的,是我迄今为止见过的最漂亮的眼睛。

可能因为我喜欢他,才这样觉得吧。

不过,这肯定是我爱上他的理由。

他喜欢登山和绘画,不是在画画,就是在登山。

我想,他现在可能也在某个地方登山或画画吧。

你的信让我作出种种猜想。

比如你在信中写道:

"偶尔出现,也净妨碍我。"

他是怎样妨碍你工作的呢?我会试着猜想。

他肯定会做出一些奇怪的事吧?是不是在书上胡乱涂鸦呢?我就这样胡思乱想地猜测。

所以,随便什么都行,请你告诉我。你认为很无聊的事也可以。

对我而言,各种各样的猜想都是乐趣。

拜托你了。

渡边博子

渡边博子:

你好。

你的请求反而让我感到为难。

就算是无聊的事,那些无聊的事我也都忘记了。

毕业已经十年了。记忆什么的都变得模糊不清了,这是事实。

我只想到了一个恶作剧。今天就写这件事吧。

那大概是三年级时发生的。

其实,我已经喜欢上了被迫当上的图书管理员的工作,所以三年级时主动报名当图书管理员的候选人。

然而,我一举手,那家伙也举起了手。

报名当候选人的就我们两个。正如我想象的那样,大家冷酷地朝我们发起攻击。

不过,更让人恼火的是,那家伙居然也提出当候选人。

那家伙当上图书管理员也绝不干活儿。他就是看中了这一点。二年级时,他饱尝了甜头。

果然不出我所料,那家伙根本不干活儿,总是推说忙,基本不露面。难道偶尔来一下,整理整理图书不好吗?把还回来的书放回书架上,也是图书管理员的工作呀。而且前台忙时,我一个人根本顾不上这些。可是,那家伙就算偶尔过来,也什么都不干。

你问他干什么?他在搞些奇怪的恶作剧。

那家伙一来图书室，肯定要借几本书。你当是什么书？对了……比如什么青木昆阳①的传记，什么马拉美②的诗集，什么怀斯③的画册，净是这类书。总之，都是些绝对没人借的书。

有一天我问他，你看这些书吗？他说不是为了看。我还以为他为什么借呢，原来他只为了在没人借过的书的空白借书卡上写上自己的名字，以此为乐。

我完全不懂这有什么意思。

他说没人借的书很可怜……

我记得那家伙做过这种恶作剧。

可是，在借书卡上胡写乱画，这种事我不记得了，没准他也干过。

对了，说到胡写乱画，我想起来了，说起来，是发生过这么一件事。

那件事应该发生在期末考试的时候。

判了分的卷子发下来，我深受打击，都快站不住了。

那可是我擅长的英语，竟然是二十七分。

---

①青木昆阳（1698—1769），日本幕府时期的儒官、学者。著有《和兰文字略考》等。
②斯特凡·马拉美（1842—1898），法国著名象征主义诗人。
③安德鲁·怀斯（1917—2009），美国著名画家。

"27"这个数字,我至今仍无法忘记。不过,我仔细一看,发现那并不是我的笔迹。名字确确实实写着藤井树,但无疑是那家伙的卷子。

但那家伙看上去什么都没发现,把卷子翻了过来,正在胡乱画着什么。

如果我猜得没错,那才是我的卷子。

"别随便在别人的卷子上乱画!"这句话我根本说不出口。当时还没下课,我没有办法,不管怎样,得等到课间休息。

好不容易等到下课了,我还是没办法和他说话。

当时被大家捉弄得得了恐惧症,没法在别人面前轻松地和他说话。

"把我的卷子还给我!"

这句话我就是说不出口,那一天漫长得超乎想象。

我一直等到放学,都没找到和他说话的机会。最后,我不得不在学校里停放自行车的地方等他。

当时,放学后的自行车停车处可是恋人们的圣地。

经常有几个女孩在那里等自己喜欢的学长,到处都是示爱或递情书的女孩子。

我平时总是带着羡慕经过这里,那天的心情却不轻松。

起初,我也没有意识到事情的严重性,不过呆呆地站在角落里,大家却格外留意似的反复打量我。

这是怎么回事?我想了一会儿,终于明白了。那一瞬间,我几乎要晕过去。

我站在这里只是为了要回考卷。但旁人看来,我肯定和那些春心萌动的女生毫无二致。

错了!我才不是呢!

我不由自主地在心里喊。但周围的人根本不这样看。

"那不是二班的藤井吗?"

不时传来这样的窃窃私语,我心想,这可怎么办?

那可真是受罪。我再也待不下去了,打算放弃,然后回家。然而这时,身旁有一个女孩和我说话。

我一看,是隔壁班上的及川早苗。

那是我们第一次说话。她那种女孩时常有绯闻传出,虽然还是个中学生,却很风骚。有这种女生吧(如果你是这种女孩,那就对不起了)。

及川早苗问我:

"你也在等人?"

我的确是在等人。我漫不经心地点了点头,她又问:

"还没来吗?"

我无奈，只好再点点头。她长长地叹了一口气。

"我们都很辛苦。"

我想对她说，我只是在等人而已，却什么都说不出来，两人就这么站了一会儿。

她又说道："男人真狡猾！"

"什么？"

"你不这样认为吗？"

我回答不上来。

但紧接着，她突然哭了起来。

或许她还是中学生，却想模仿大人的成熟吧。我还记得，我这么想着，觉得她很了不起，心里怦怦乱跳。

我什么都做不了，只能先把手帕借给她。放了学的学生们更过分地打量我们。我们不是朋友，什么都不是，我把手放在她的肩上，做出安慰她的样子，躲避周围人的目光。

她哭了一阵，又站直了身，吸溜着鼻涕。

"不过，女人更狡猾。"

可能最后她发觉我不如她成熟。总之，她把手帕还给了我。

"我先走了，你加油吧！"

她说完就回家了。

我又孤零零地一个人了。

不过我的苦恼比起及川早苗的,根本不算什么。

我决定这么想,没办法,只能等下去。

社团活动结束了,那家伙出现时,几乎所有人都放学了,周围没有一个人。

天也黑了,四周一片漆黑,要和他说话,这是绝好的机会。

"喂,等一下!"

在黑暗中被叫住,那家伙吃了一惊。我的声音肯定也很可怕。不过,因为他没注意到那是我的考卷,我这一天才过得这么糟糕。

我都想好好地教训教训他了。

"呀,是你呀。你吓了我一跳。"

我单刀直入,直接说了我的事。

"今天的试卷,你没拿错吗?"

"什么?"

"这才是你的吧?"

我说着拎起试卷。不过太黑了,什么都看不见。

那家伙转动自行车的脚踏板,让自行车前灯亮起来,想借助灯光看清楚，但不太可能一边转一边看。

怎么这么麻烦？没办法，我只得帮他转起脚踏板来。

那家伙把他的卷子和我的卷子摆在一起，看了一会儿，可就是不抬起头来。

"你在干什么呀？一看不就知道了嘛！"

可那家伙对我说："等一下。"还是一直看个不停。

我的手渐渐变得麻木，还以为他在干什么呢，他突然恍然大悟般地说：

"是 broken 啊，不是 breaked。"

原来那家伙正在对答案呢。难以置信吧？

写到这里，我突然想起什么，跑上阁楼，打开装着中学课本和笔记本之类东西的箱子，在里面乱翻一气。接着，我从一叠收在活页夹里的打印纸中，找到了那张试卷。

没错，是那张英语试卷，背面还留着他在不知情时乱涂的画。我一看，出乎意料，那是一幅漂亮的素描。博子在信中说过他喜欢画画，对她来说，这幅画没准是意外的收获，送给她，她一定会很开心。

那幅画临摹的是当时走红的女明星宫崎美子在广告中脱牛仔裤的场景。

"你在干什么？"

我吓了一跳，回头一看，爷爷在探头探脑。

"什么？"

"准备搬家？"

"不是。"

"哦？"爷爷好像还有什么话要说，没有离开的意思。

"怎么了？"

"阿树，你也赞成搬家，是吗？"

"怎么了？"

"赞成吗？"

"不赞成也不反对，这房子已经破旧成这样了。"

"是赞成吧？"

爷爷自言自语地嘟囔着什么，走开了。我感到有点发冷，觉得该来的终于来了。

我把这事告诉妈妈，妈妈说得很恐怖，让我大吃一惊。

"他做了鬼才舍得下这房子。"

"这是什么意思？"

"说真的，对爷爷来说，那样才是幸福。"

妈妈和爷爷之间的关系时不时会产生很深的裂痕。爸爸死后，他们无疑是两个毫不相干的人。但我已经决定不干涉这件事，不管怎么说，这都是大人之间的事。从中学时起，我就打定这个主意，一直到今天。

我返回房间，把信写完，还把画着宫崎美子的试卷一并装进信封。

> 我找到了那份惹是生非的试卷，寄给你。背面的画是他画的。
>
> 藤井树

第九章

博子把宫崎美子的画夹在他的素描簿里。

她一面读着信，一面觉得不可思议。

她本来想确认的是两个藤井树之间的关系。

在同名同姓这罕见的关系中，在短暂的中学三年里，他对她感觉如何，这才是博子想知道的重点。

可是，读着一封接一封的来信，博子感觉那种坚硬如冰的情绪逐渐融化。光是读着对他的中学时代的描述，博子就觉得十分幸福。

不过，她还是想弄清楚重要的一点。那个谜底肯定也是他选择自己的理由。如果真是那样，博子觉得这就是他没对自己说出来的话。

藤井树：

你好。

谢谢你的试卷。

我会好好珍藏。

还有,他的初恋情人是什么样的人呢?

你还记得吗?

渡边博子

渡边博子：

你好。

他的个人问题我可不知道。

不过,他那个人很受欢迎。我想应该有女朋友。

说起来,你还记得及川早苗吗?那个模仿大人的成熟女孩。那个女孩曾到我这儿来,问过我这样的问题。

"哎,藤井有在交往的女朋友吗?"

我当然回答她"我怎么会知道"。更叫人恼火的是,这种事她干吗来问我?

于是,及川早苗说：

"你们俩看起来挺要好的。"

当时,这种挖苦我已经听腻了,但可能及川早苗说得很暧昧，听起来就跟真的一样。

我正要动真格地发火，她说：

"你没感觉到对他的爱意吗？"

这两句话前言不搭后语，她是怎么若无其事地说出来的？我觉得莫名其妙。

接着，她又说：

"同名同姓不是很棒吗？你没觉得有点命中注定？"

这些，你在信里也写过吧。没准你的某些想法和及川早苗的很像。但无所谓，我们的性格有天壤之别，我可以向你保证。

对了，她最后甚至说出这样的话来。

"如果你想，我也可以为你当爱情丘比特。"

"我不用。"

说完，我立刻逃也似的离开了她。

可是，过了两三天，那女孩又来找我，对我说：

"什么呀，你们真的没交往啊。"

"我不是说过了嘛。"我说。

"我直接问他了。"

这个大笨蛋，让我差点变成杀人犯——如果旁边有把刻刀的话，我肯定会刺向她。

不过,她的计划刚刚开始。

"可是,我真的想过当你的爱情丘比特,所以,这回是不是轮到你当我的丘比特了?"

开始我不太明白她的话。总之,就是让我撮合他们的意思。

这可不是开玩笑。我郑重地拒绝了,打算再次飞快地逃离她身边。她又说道:

"我是个不知道会做出什么事来的女人,对吧?"

面对强有力的威胁,我缴械投降,不情不愿地被她俘虏了。

有一天,我把出现在图书室的那个家伙带到了书架后面,说明了情况。

我说,我朋友好像想和你交朋友。

那家伙一如既往,满脸不高兴的神情,只说了一句"是吗"。于是我按部就班地让他在原地等候,把及川早苗带了过来。

接着,我说了句"下面你们两个谈吧",就回去工作了。

但还不到一分钟,那家伙就从书架后面走了出来,沉着脸走出房间。相反,及川早苗迟迟没出来。我去看她,她靠着书架,带着奇怪的忧郁表情看着我,还无精打采地嘟囔:"男人和女人之间就是这么回事吧。"

看起来,谈判破裂了。

她回去后,那家伙返回来,看他的表情,好像什么都没发生过。我记挂着这件事,试着问他:

"你拒绝了?"

听到这话,那家伙的脸色突然变得很可怕,说:

"你别再干这种事了!"

他初恋的对象不是及川早苗,只有这点是肯定的。话说回来,及川早苗如今在什么地方,在做什么呢?

别误入歧途才好,她虽然是毫不相干的人,也让我很担心。

藤井树

另,也请你和我说说你了解的他。

藤井树:

你好。

我了解的他,沉默寡言,散漫懒惰,不擅长和人打交道,肯定和你认识的他没有一点变化。

不过,他有很多优点。

这些优点,用言语肯定叙述不尽。

他的右腿有点毛病，他曾说过，那是因为中学时遭遇了交通事故。

你记得发生过这件事吗？

如果你知道，请告诉我。

渡边博子

渡边博子：

你好。

说起来，那家伙的确在三年级刚开学时，遭遇了交通事故。

我记得很清楚，因为那件事并非和我毫无关系。

有一天早上，那家伙骑着自行车在上学路上被卡车撞倒，让救护车拉走了。

班主任滨口老师匆忙赶往医院，那天早上的生活指导课是年级主任来代的课。

年级主任说，藤井出了事故，滨口老师到医院去了，联系医院后得知藤井没有生命危险。在说明这些情况时，老师的眼神和我的眼神对上了。

我无法忘记当时年级主任的表情。他呆呆地张着嘴巴问我："藤井，你怎么会在这里？"

我心想，糟糕，又搞错了。

不知怎么回事，学校把我和那家伙弄混了，接下来是一场大混乱。年级主任飞奔出去，最后，早上的生活指导课取消了。更严重的是，我的父母接到打错的电话，在医院那儿碰到他来迟了的父母。还有啊，除了班主任滨口老师，年级主任，甚至连教务主任和校长都赶去了。可能最吃惊的还是受伤的他。你有没有听他说起曾发生过这种事？

那家伙的确只是右腿骨折，但不幸的是，这种事发生在田径运动会前一个月。他是田径队的选手，比赛当然是赶不上了。他好像还是众所瞩目的明星呢。那时大家都觉得挺遗憾。

田径运动会是小樽和札幌的中学联合举办的，挺盛大的。这个活动是平时在学校操场上默默无闻的田径队唯一可以发光的舞台。

我们也被叫去当啦啦队。

百米赛跑开始了，好像是第几轮的预选赛，选手们一字排开准备起跑，那家伙就站在最边上的选手身旁。他站的自然是跑道外没画上线的地方。但他像其他选手一样做出了起跑的姿势，就是蹲下、臀部抬高的姿势。

怎么可能！我心想。

接下来的一瞬间，发令枪响了，同时，那家伙也跑了起来，和其他选手一起。搞什么?！他骨折后还不到一个月呢。

那家伙也不可能跑多远，很快就翻倒在地。

大家哄笑起来。

他一站起来就滑稽地挥着手，一面朝观众打招呼，一面退场。有选手参赛的学校，观众们一齐发牢骚，喝倒彩，易拉罐和鞋子齐飞，场面十分混乱。他可真是一个惹是生非的人。不过事情还没完呢。因为选手们提出异议，说比赛受到影响，要求重跑，裁判老师等好多人都露了面，运动场一时间乱哄哄的。最后，主办方接受了异议，重新比赛。那家伙被老师一顿痛斥，不知被带到哪里去了。

而且，这可是那家伙初中时代最后的短跑比赛。

后来，那家伙从田径队退出（也可能是被劝退），闲了下来，渐渐地到图书室来了。

但他在工作上还是一如既往地不肯帮忙，总是一个人在窗边眺望操场，呈废人状。

不过，就算他变成废人，仍然没有停止我以前说过的那种奇怪的恶作剧：往空白卡片上签名。

他着迷于田径运动，我可以理解，可是，他留恋这种恶作剧的真正原因一直是个谜。

藤井树

博子在作坊的办公室里等秋叶收工。透过小小的窥视窗，可以看到混在工人中间忙碌的秋叶的身影。看情形，还要等一会儿。

博子坐在快散架的椅子上，满心困惑。

"让你久等了，真对不起。"

说着，铃美端了茶进来。

"师傅马上就要干完了。"

"谢谢。"

博子若无其事地盖住了自己手里的东西。

铃美在博子身旁坐下来。

"博子，没关系的。"

"什么？"

"你对大家都保密了嘛。"

说完，铃美笑了一下，博子也报以微笑。

"我原来是喜欢秋叶老师的。"

铃美带着笑说道。

"因为是博子……才放弃的,我也喜欢博子。"

"……"

"师傅呢,好像从你还和以前的男朋友交往时起,就喜欢你。他好像一直都在单恋你,你知道吗?"

博子点点头。

"是吗,那就好,希望你让师傅幸福。"

"……是呀。"

"啊,应该说希望师傅让你幸福。我会对师傅这么说的。"

说着,铃美站了起来。

"今天是约会吗?"

"什么?"

"我看师傅一早就系了漂亮的领带。"

铃美说完,就返回了工作车间。博子轻轻地叹了口气。她手里握着的是阿树的来信,目光又一次落在信上。

想着铃美对秋叶的感情,秋叶对博子的感情,博子对藤井树的感情,藤井树曾经对同名同姓的女孩的感情,以及那个女孩现在对曾经同名同姓的男孩的感情。

有一个可以想念的人,就是幸福。

不知为何产生了这种感觉。博子感到,把自己当作唯一一个不幸的人，实在很无聊，太没出息了。

楼道里传来《青色珊瑚礁》的歌声，好像是秋叶收工了。博子把信放到皮包最里面。

"后来怎么样？还来信吗？"

"嗯，现在偶尔来。"

"哦，彻底变成笔友了。"

车里，一直是秋叶一个人在说话。无论他说什么，博子的反应都很迟钝。

"我总觉得你最近没精神。"

"……"

"怎么了？"

博子用一个暧昧的笑容搪塞过去。

"对了。"

"什么？"

"去那山里看一看吧。"

"……"

"和他打个招呼。"

"……"

"怎么样？"

"……"

秋叶始终面带笑容,博子却一言不发。

几天后,我收到了她寄来的包裹,里面细心地装着照相机和胶卷。

而且,里面没有以往的信纸,取而代之的是一张卡片,上面写道:

请你帮我把他跑过的操场拍下来。

渡边博子

周六下午,我把博子寄来的胶卷装进照相机,来到色内中学。

毕业后第一次踏进校门,我的紧张多过怀念。还带着照相机回来,总觉得自己像个间谍。

我的确是接受了博子委托的间谍,更有被博子巧妙操控的感觉。

没发现有人。想一想,现在正是春假。我来到空无一人的操场,按下了小相机的快门。

她想要什么样的照片呢?我一边想一边寻找角度,无论从哪个角度怎么拍，平坦的操场都一模一样，很快我就没感觉了。无奈，只得把自己当成那家伙，在跑道上边跑边按快门。即便这样，胶卷还是没用完。我用剩下的胶卷拍了校园里的白杨林荫道，拍了单杠、花坛、水龙头、校舍。拍到这里来了兴致，我潜入校舍里面。从没想过我会怀着这种小偷一样的心情，走在曾经来去自由的楼道里。

教师办公室里好像有人，咕咚咕咚喝茶的声音都传到楼道里了。我屏住呼吸，飞快地从办公室前闪了过去，直到转过楼道拐角才松了一口气，可抬头一看，有一位老师正站在我面前。

"你不是这个学校的吧？"

我不知该如何回答，踌躇着不知如何是好。那位老师大步流星地走近我，她的走路方式和容貌让我觉得很眼熟。

"滨口老师。"

我不由自主地开口喊道，对方似乎一时间没想起来，不住地打量着我。

"我是，三年级二班的……"

"啊！"

"我是藤井。"

"藤井！"

"是的,是我。您还记得吗?"

"三年级二班,藤井树,学号是……"

竟然连这都记得。但或许滨口老师在逞强,她回忆得有点吃力,还一边屈指一边嘟嚷着什么,好像念咒语一样,听起来有点耳熟。

"相泽、冈崎、加藤、小山、佐藤、佐藤、庄司、服部、藤井、八重樫、横内、和田、渡濑……"

那是我上三年级时的学号排序。数完了男生,滨口老师又数到女生的学号。

"佐藤、远藤、大田、神崎、铃木、土屋、寺内、中岛、野口、桥本、藤井、船桥……"

她竖起数多了的一根手指。

"二十四。"

被她一说,我想起来了,我的确是二十四号。

"了不起,怎么会记得?!"

我不由得鼓起掌来。

"今天有事吗?"

"没有,随便逛逛。"

"不是随便逛逛吧?"

"有个朋友托我拍学校的照片。"

这可是真的。

"学校的照片？用来做什么？"

"……这个，我也不知道。"

这也是真的。老师没再追问下去，帮了我大忙。老师说刚巧今天图书室有事，她才来上班的。

"说起来，你以前还是图书管理员呢。"

她真的什么都记得。

"其实，我现在也是。"

"什么？图书管理员？"

"我现在在市立图书馆工作。"

"啊，是吗。"

"嗯，不知怎的就做了这个工作。"

"这么说，在学校做的工作也不是没有帮助。"

"我以前就喜欢当图书管理员。"

"是呀。我以前总觉得你这孩子挺奇怪的。"

聊着聊着，我们来到了图书室。

"去看一眼吗？"

图书室里有几个学生，大家正在整理书架。

"噢，今天是书架整理日。"

"对呀。"

"我也干过,在春假里。"

"这是图书管理员的工作呀。"

"大家集合!"

在老师的号令下,学生们围了过来。

"这是你们的学姐,藤井。"

突然被介绍给别人,我慌乱地和大家打招呼。

"你们好。"

突然来了一个素不相识的人,或许学生们也感到困惑吧,他们腼腆地面面相觑,窃窃私语起来。

但我总觉得情况不对劲。窃窃私语声中夹杂着我的名字,他们在嘀咕什么呢?我正琢磨着,一个学生突然问我:

"你是藤井树吗?"

我大吃一惊。学生们哧哧地偷笑起来。

"你们认识?"老师替我问道。

"什么?是真的?"

刚才猜中我名字的那个学生吃惊地问。"骗人!""真的?"突然间,学生们骚动起来,乱作一团。我完全不明白发生了什么事。

一阵混乱后,学生们告诉了我原因。

"学姐在我们中间可是传奇人物。"

"这太夸张了吧。"

"在这里。"一个学生拿过来一本书,打开封面,抽出里面的卡片给我看。

"你看这个。"

我一看卡片,吓了一跳。那是他恶作剧地签下"藤井树"的那张空白卡片,竟然还留着呢。

学生们围在我身边,一起看这张卡片,然后向我解释了来龙去脉。

"我们中间流行着一个'寻找藤井树'的游戏。"

"是啊是啊。"

"是谁最先发现的呢?"

"是久保田吧?"

"啊,对了,是久保田,久保田。"

"他发现好几张这样的卡片。一开始我们也没当回事,不过渐渐发现确实有好多。"

"后来我们又找到了好几本书。"

"大家开始比赛谁找得最多。"

"寻找藤井树,这个名字是谁取的?"

"是谁来着?"

"而且,我们还做了一个表格。"

"这个这个。"

学生们给我看了那张表。

"现在是我找得最多。"

"前川紧随其后,是吧?"

"男女生大致水平相当。"

"还有很多吧?"

"不知道,就因为不知道才有意思。"

"就是。"

"就是。"

怎么说好呢,虽然说不清楚,但是我深受感动。不过是借书卡罢了,可是那家伙签下的名字十年后还在这里保存得完好如初,我觉得这是个奇迹。

"不过,我们真没想到会见到本人。"

"是啊。"

"就是。"

大家似乎误以为那是我签的名字。

"不是,这不是我签的。"

一刹那,大家都一脸不可思议的表情,目光齐刷刷地集中在我身上,我不得不开口解释。

"是另外一个图书管理员搞的恶作剧。"

大家若有所思地点点头。对他们来说,谜一样的"藤井树卡片"的起源现在就要揭晓了。大家都屏住呼吸等待着我的解释。

"……就这些。"

大家脸上都是"怎么可能"的表情。其中一个女学生说道:

"是别人签下了学姐的名字?"

"什么?"

大家似乎把卡片上的名字误认为我的名字了,因为是同名同姓,这也不无道理。

"那个人是男生吗?"

"什么……是的。"

"那个男生肯定很喜欢学姐。"

"啊?"

"所以才写了这么多学姐的名字。"

学生们又骚乱起来,自顾自地唧唧喳喳,有的还说"这是爱情故事",让我无法置若罔闻。

"不是这样的,不是的。"

但是,没人听我的。

"藤井……"老师拍拍我的肩膀。

"怎么了?"

"你脸红了。"

我摸摸脸颊,自己也知道脸颊很烫。学生们看到我脸红,越发哄闹起来。事态已经无法挽回了。

我想都没想过,我给自己的母校留下了一个恋爱传奇,恐怕还会代代流传下去。算了,这也不错。

我要了两张"爱情卡"留作纪念,离开了图书室。一张我打算寄给渡边博子。不知怎的,自己也想要一张。

我把卡片和照片装在一起,寄给了渡边博子,同时在信里,把在学校发生的意外也详细地告诉了她。

几天后,回信来了。这封信故弄玄虚,写得很简短。

藤井树:

谢谢你的照片和卡片。

不过,他写的真的是他的名字吗?

渡边博子

第十章

接到遇难通知，博子立即赶往现场。从新干线中途换乘地方线，从那儿开始，时间就特别漫长。地方线只有两辆内燃机车，每站都停，悠闲地把乡下的风景展示给博子看，像是在和博子焦急的心情作对。离道口还很远，警笛声就拉响了，一直到笛声停止，时间长得让人难以置信。做买卖的大妈们扛着硕大的行李上车，看起来简直像蜗牛。每当特地临时停车等候来晚了的乘客时，博子都会焦躁地叹气。

乡下的时光很宁静，全然不顾突然到来的博子的心情，风摇曳着枯木的树枝，翻卷着天边的浓云，连结了冰的小溪底的石子也被撼动了。

终于到了车站，接下来简直像打仗。博子乘坐当地消防队的卡车来到山脚。紧急搭建起来的指挥帐篷四周，全是大声说话的人,场面一直很混乱。那座被云遮住山顶的大山就耸立在眼前。

他的父母已经赶来了,待在帐篷里。两人的脸色都憔悴极了。不止他们两个,在帐篷里等候的还有其他登山队员的家属,大家都失魂落魄,不安地仰望山顶。

博子到达后,过了二十分钟,直升机沿着山脊下山了,在轰鸣声中降落在面前的雪地上,简直就像电影中的画面。博子屏住气息紧紧盯着它。救援队从直升机上下来,抬出了一个个担架。家属们纷纷聚拢过去。

"没事,大家都很好。"

一个像是队长的人喊道。

最后一个是秋叶。他扶着救援队员的肩膀自己走下来。博子奔到秋叶身边。

"秋叶!"

秋叶一看到博子的脸,突然放声大哭,就像迷路的孩子突然找到了妈妈,甚至让人觉得这不可能是成人的哭相。真的,秋叶就像孩子一样放声大哭,一边哭还一边喊:

"原谅我,博子!原谅我!"

阿树掉进山崖的裂缝,秋叶他们弃他而去,这是博子后来才知道的。然而在那之后,登山队又在山里徘徊了三天,救援队发现他们时已经很迟了。救援队的队长高度评价了秋叶在队友遇难时的果断指挥。他说这些人能活下来简直不可思议，简直是奇迹。

两年后，博子和秋叶一起乘上了这条只有两节车厢的地方线。

"还有一站。"

秋叶一说，博子吓了一跳。两年前觉得那么长的一段路，今天却一眨眼就走完了。突然间，开始变得焦躁，坐立不安。

明明已经四月了，那天早上却特别冷，冷得快要下雪了。我感觉喉咙奇怪地燥热，也许是感冒又反复了。

下午，身体还没见好转，我决定早退。

"我走了，去趟医院，拜托了。"

我说，绫子诧异地看着我。

"阿树自己提出去医院，真少见啊。"

说起来的确是这样。不过今天很奇怪，我没有抵触医院。绫子反倒显得很担心。

"你没事吧？"

"嗯。趁着还没改变主意，我去了。"

绫子还是很不安。现在想起来，我也觉得很奇怪。当时的确没什么大不了的。我在医院接受诊治时，医生对我说过，不必担心。

"吃了药，泡个澡，好好休息，我再给你开三天的药。"

我呆呆地望着自己的胸片，胸部出现的淡淡的阴影是怎么回事？

"医生，这是什么？"

"啊，稍微有点阴影，因为肺部有点炎症。"

"肺炎？"

"哈，你试试围着这个医院拼命地跑上一圈。"

"什么？跑步？"

"那样的话，今天晚上就可以作为真正的肺炎病人住院了。"

医生说道，开怀大笑起来。

我走在回家路上，正打算叫出租车，身后有人叫我，是滨口老师。

"啊，藤井，碰上你真好。"

"啊，您好。"

接下来，不知怎的，两个人一起走了一会儿。

"你那次走了以后，那些孩子不遗余力地玩起了那个游戏，掀起了一个小高潮。"

"是吗?"

"你给他们留下了一个意外的礼物。"

"真不好意思。"

"做那件事的那个人是谁啊?"

"什么?"

"写下你名字的那个人。"

老师说完,意味深长地看着我。看起来,老师也相信了那个初恋的故事。

"不是的,那不是我。"

"什么?"

"那不是我的名字。"

"嗯?"

"您不记得了吗?还有一个藤井树。"

"……"

"有吧?同名同姓的。"

"啊。"

"是那家伙的恶作剧。"

"……"

"您还记得吗?"

"记得,是男生藤井树。"

"对!"

"学号是九号。"

"啊,了不起!"

"……"

"您这次一下子就想起来了。"

"他比较特别。"

"嗯?"

"他死了。两年前。"

"……"

"在雪山上遇难。"

"……"

"你不知道吗?好多新闻都报道过。"

我不记得之后和老师在什么地方怎么分的手。恢复意识时,我在出租车里剧烈地咳嗽。

"你没事吧?"

往窗外一看,的确是在回家的路上,车正驶过商业街。傍晚时分,街上到处都是买东西的人,出租车缓慢地开着。

父亲死的那天,我和妈妈还有爷爷就是走这条路回家的。当时是正月的第三天,店铺都关着门,没有一个人。

我在路中央发现了一个大水洼,那种季节,水洼自然是彻底结冰了。我助跑之后，在冰面上滑得很远。

妈妈吓了一跳，喊道：

"傻瓜，会摔倒的！"

可是我没有摔倒，我在那冰面上轻松地滑着。

那水洼可真大，而且我滑得出奇地好，很久才停下来，那种感觉至今不能忘怀。我在水洼边停下，在脚边发现了一个奇怪的东西。

我蹲下来仔细辨认。妈妈和爷爷也走过来和我一起看。

妈妈说："……是蜻蜓？"

的确是蜻蜓。被冻在冰里的蜻蜓。奇怪的是，翅膀和尾巴都是在舒展的时候被冻住的。

"真漂亮。"

妈妈只说了一句。

突如其来的急刹车把我拉回现实。出租车失去控制，在马路中央滴溜溜地打转。车外提着购物袋的主妇们吓了一大跳，骚乱起来。怒气冲冲的大妈们朝车中张望，我不由自主地低下头去。

恢复控制的出租车逃也似的穿过了商业街。

"糟糕，我忘了，那边有个大水洼，冬天结了冰很危险的。"

我边咳嗽边点头。

"这是雨还是雨夹雪?"

司机开动了一下雨刷。雨雪的颗粒在窗玻璃上拖出白色的印迹。

"已经四月了,还下雪啊?"

天空不知何时已被厚重的乌云笼罩。

博子在车站下了车,把外套的衣领拉到脖子处,有点发抖。秋叶扛着行李走在前面。

"冷吗?"

博子摇摇头。

"终于还是来了,这座山和我们有不解之缘。"

秋叶说道,深吸一口气。

"我有一个认识的朋友住在前面,叫雷公。大家都'雷公爷爷'、'雷公爷爷'地叫他。今天晚上我们就住在雷公爷爷那里,明天一早出发进山。"

"……"

"雷公爷爷人很不错,博子你也会很快喜欢上他的。他说今晚做好了火锅等我们。"

秋叶一口一个"雷公爷爷"地叫,想逗博子开心,博子却依然一副心事重重的样子。

在乡间小路上走了一阵,秋叶突然站住,指着远方。

"看,你看,那边可以看到山顶。"

可是博子一直看着自己的脚,不抬头。秋叶注意到这一点,却也没法说什么,又大步流星地走了起来,然而回头一看,博子仍然站在那里一动不动。

"怎么了?"

"……"

"博子!"

"……"

"怎么了?脚疼吗?"

秋叶回来,把手搭在博子肩上。

"你怎么了,抖得这么厉害?"

"……"

"冷吗?"

"……"

"博子!"

"不行!"

"什么?"

"还是不行!"

"……"

"我们在做什么啊?这样不好。"

"……"

"不好。"

"博子。"

"他会生气的。"

"不会的。"

"回去吧。"

"博子。"

"求求你,我们回去吧。"

"我们来做什么?我们是来告别的。"

"求求你。"

"必须和他告别,博子!"

"……"

"博子!"

秋叶抓住博子的胳膊用力拉她。可是博子的腿就像生了根一样一动不动。

"……博子!"

"……我求求你。"

"怎么了?"

"求求你……让我回去吧。"

周围,暮色逼近了。

我回到家,躺在床上,好长时间一动不动。什么都不想干,也没有力气去想任何事。

好像有点发烧。我把枕边的体温计夹在腋下量体温。

妈妈在厨房准备晚饭。看到我摇摇晃晃地走过来,她毫不在意地说道:

"帮我把盘子拿过去。"

我把体温计给妈妈看。

"什么?量体温了?多少度?"

妈妈边说边看体温计。

"这体温计好像有点坏了。"我说。

这时,我看见妈妈的脸色突然变了,她转身用手试我的额头。

"阿树!"

我听见这样的喊声。只记得这些,其余的记不太清了。不时传来妈妈和爷爷的叫声。

……我觉得好像什么地方在下雪。

第十一章

妈妈把突然倒在眼前的我抱住,大声喊客厅里的爷爷。
"她爷爷!她爷爷!"
爷爷被这不同寻常的喊声吓了一跳,飞奔进厨房。
"救护车!"
妈妈喊。
"快打——九①!"
"她怎么了?"
"你别管了,快去打电话!"
"噢……"
爷爷返回客厅,火急火燎地拨通一一九。
"喂喂,有人得了急病。"

---

① 日本火灾和急救电话。

可是，对方说，救护车就算立刻出发，也要花一个小时才能到。

"怎么也要不了那么长时间啊！"

爷爷的声音不由得严厉起来。接着，电话那头不知说了什么，爷爷说"等一下"，去掀开了窗帘。

窗外正飘着大片大片的雪花。爷爷面无血色。

妈妈正在厨房凿冰做冰枕，爷爷回到厨房。

"救护车呢？"

"不能等了。"

爷爷说完，把倒在地板上的我抱了起来。

"什么？你没叫救护车？"

爷爷也不回答。

"等一下，你要干什么？"

"拿毛毯来！"

"你要干什么？"

爷爷把我背在背上，走出厨房。妈妈从后面追上来，拦住了爷爷。

"你不会想找出租车吧？"

"如果打得到出租车，十五分钟就可以到医院了。"

"不行，打不到的。"

"如果不行就走着去。"

"你在说什么傻话呀!那不行,去叫救护车!"

"救护车说要一个小时。"

"什么?为什么?"

"你看外面!"

妈妈看了看外面,接着,她的脸色变得和爷爷的一样,无话可说了。

"算了!拿毛毯来!毛毯!"

爷爷怒吼。可是妈妈呆呆地看着窗外一动不动。爷爷没有办法,背着我朝大门走去,妈妈回过神来,又慌慌张张地打——九。

爷爷又回来了。

"是,我们在用冰降温。"

妈妈拼命地请教各种急救措施。

"你在干什么,在给谁打电话?"

妈妈用手捂住听筒,对爷爷说:

"等一下,她爷爷,把阿树放下来。他们说要注意保暖。"

接着她又开始打电话。

"然后呢?是,是!"

"喂!"

"我说她爷爷,我不是说过了吗?让阿树躺在那儿,注意保暖!"

"急救措施我刚才已经问过了!"

"那就把她放下来照做!"

"把她放下来,救护车也不会来的。"

"他们说会来的。一个小时左右。"

"不能等那么久!"

"最好等着,对方也是这么说的。"

接着,她又和电话那头确认了一遍。

"一个小时就能来吧?能来吧?"

爷爷再也忍不下去了,背着我走出客厅。妈妈看见,把听筒一放,就从后面追了上来。

爷爷正在玄关穿鞋。

"她爷爷,要镇定!把阿树放下来。"

"你别管了,拿毛毯来。"

"出租车不行的。"

"……"

爷爷似乎什么都听不进去了。深不可测的恐惧突然间席卷了妈妈,她不由自主地喊道:

"你想连这个孩子都杀了吗?"

爷爷诧异地转过身来。

妈妈硬把我从爷爷背上扯了下来。

爷爷想把我抢回去,可妈妈比他更快地抱住我,抱着我逃到走廊的角落里。

爷爷一直站在大门口,瞪着妈妈。

妈妈抱着我说:"她爸爸当时怎么样了?她爷爷,你想起来了吗?不听一一九说的,自作主张去打出租车,结果根本打不到,不是吗?于是你背着他走到医院,是吧?记得吗?就这样来不及救……所以才死的,不是吗?"

"……"

"同样的事情,你想让它再发生一次吗?你想连阿树都杀了吗?"

"……外面在下大雪。"

"这种时候不按专家的指示去做是不行的,你明白吗?"

"她会越来越严重的。"

"这种时候,听医生的话最安全。"

"如果晚了怎么办?"

"那就……"

"如果那样怎么办?"

"外行人的主意最危险了,你怎么就不明白呢?"

"医生会考虑天气吗？"

"她爷爷，我不会让你去的。"

"这次会没事的。"

"不行！"

"没事的！"

"她爷爷！"

"把阿树交给我！"

爷爷穿着鞋走进屋来。

"她爷爷！不行！"

爷爷不顾一切地想把我从妈妈手里抢过来。妈妈一边奋力抵抗一边喊：

"请你冷静！放手！"

"应该冷静的是你！"

"她爷爷！"

这时，爷爷突然松开了抓住我的手，深深地叹了一口气，站了起来。

"当时……走到医院用了多长时间？"

"很长时间。当时花了很长时间，不是吗？"

"多少分钟？"

"……什么？"

"你不知道了吧？"

"一个小时……花了一个小时。"

"没有。"

"还不止！"

"四十分钟！当时用了四十分钟！"

"比这长！"

"不是，没花那么长时间。确切地说，从出家门到医院的大门用了三十八分钟！"

"……"

"即便这样还是没赶上。当时怎么做都来不及！"

"……"

"现在就出门的话，能在救护车来这儿之前赶到医院。"

"可是那么大的雪，怎么走啊？"

"不是走！"

"什么？"

"是跑！"

"……那是不可能的！"

"我是在雪里长大的，这种大雪不在话下。"

妈妈心里乱作一团，不知所措。

"怎么办？"

"……"

"阿树是你的女儿,你决定吧。"

怎么改变主意的,妈妈也不知道。

"……我去拿毛毯来。"

妈妈说完,把我交给爷爷,然后拿来了毛毯。爷爷用毛毯把我裹得严严实实的。趁这时,妈妈拿来了外套,爷爷穿上外套,把我背在背上,冲进大雪。

爷爷真的是跑。妈妈好容易才跟上。不过,跑着跑着,爷爷的速度渐渐慢了下来,这回妈妈开始不断停下来等他。

爷爷呼哧呼哧地喘着气,步履也开始摇晃。事情发展到这里,妈妈才发现她忘了一点:我和爷爷对她来说都很重要。

"她爷爷。"

"啊?"

"可是,那是十年前啊。"

"那又怎么样?"

"你今年七十五了!"

"七十六!"

妈妈开始绝望。

"别担心,我就算用命换,也要在四十分钟内赶到。走吧!"

爷爷说完,又竭尽全力地跑起来。妈妈除了祈求上天,已经没有别的办法了。

最后，出家门四十二分钟后，我们到了医院。我就这样被送到了重症监护室。护士长对妈妈说：

"救护车刚给我们打了电话，说这么大的雪，还没到你家呢。我告诉他们病人已经到医院了，他们大吃一惊，问道，是从钱函过去的吗？这么大的雪，你们怎么来的？"

"走着……其实，是跑着来的。"

"跑？背着女儿？了不起。"

护士长十分感动。

"还是母亲伟大啊！"

妈妈诚恳地纠正：

"不是我，是她爷爷。"

"……不是真的吧！"

伟大的爷爷因为呼吸困难陷入了昏迷状态，正和孙女一起躺在重症监护室的病床上接受治疗。

一直生活在都市里，很少真正体会到夜晚的黑暗，山里的黑夜是名副其实的黑夜。秋叶和博子一直走在黑暗中，可以看到远处一所房子的灯光。

"就是那里。"

秋叶指着雷公爷爷的家,看起来还很远,可是走起来更远。终于到了。这所房子像是给登山人住的别墅。

站在玄关,博子仍无力地垂着头。

"就今天一个晚上,我们住在这里,好吗?"

秋叶温柔地说,然后敲了敲木门。

博子看见从里面走出来的雷公爷爷,嘴角的肌肉不觉舒缓了。

"这么晚,阿茂。"

"好久不见,你好吗?"

两人感慨地互相拥抱,然后秋叶介绍了博子。

"这是渡边博子。"

"啊,你好。"

雷公爷爷要和博子握手,博子伸出手去,拼命地忍住嘴角的笑。第一次见面就看着对方笑出声来,博子是不会犯这种错误的。可是,这个人脑袋上的头发都竖了起来,真是名副其实的雷公爷爷。她还是扑哧一声笑了出来。

正如秋叶所说,雷公爷爷很爽朗,所以博子很快就无拘无束了。雷公爷爷专门做的野菜火锅也很好吃。

聊得起劲,不知不觉谈到了他。

"真可惜啊，挺好的人，那么早就死了。"

雷公爷爷嘬着汤说道。

"博子以前见过这个人吗？"秋叶问博子。

"什么？"

然而，博子没有一点印象。

"对不起，好像……"

"你不记得这张遭受严重撞击的脸？"

"浑蛋，遭到严重撞击的不过是这个脑袋。"

雷公爷爷摸摸自己的头发，然后对博子说：

"当时我戴着登山帽。"

博子还是没想起来。秋叶对困惑的博子道出真相。

"雷公爷爷当时也在人群里。在藤井遇难的时候。"

"啊！"

博子终于想起来了。

"不过，当时你的脑袋……"

"是的。头发比现在的多。"

"哈哈哈！"

秋叶大笑。

"可是他很了不起。自从那次山难发生后，他就在这儿照顾登山队员。"

"噢。"

"不是。因为遇过山难,我比任何人都了解那座山的情况。我会告诉登那座山的队员们,哪里危险,哪种天气最好要注意。我净唠叨这些事,让人觉得我很可怕。"

"雷公爷爷很了不起,带我们从山里逃了出来。"

"你还想登山吗？"

"这个……不可能了。"

"为什么？"

"我已经……害怕了。"

席间莫名其妙地变得悄无声息。然而,没有人故意打破这片寂静,大家都安静地喝着酒,沉浸在各自的回忆里。

博子看看这个,又看看那个。现在,两个人的脑海里肯定涌现出遇难时的情景。那残酷的回忆也许是博子无法想象的。然而,两个人的表情都非常安详。这种安详的表情,让博子觉得似曾相识。

或许是喝醉了,雷公爷爷突然哼起歌来,博子听出那是松田圣子的《青色珊瑚礁》。

"怎么？这是大家的队歌吗？"博子问。

"什么？"

雷公爷爷的表情略显诧异。

"这首歌是那家伙最后时刻唱的歌,他掉下了悬崖,看不见他,只听得见这首歌。"

博子无话可说,不由自主地看着秋叶。

"为什么人生的最后一刻偏偏唱松田圣子的歌呢?那家伙不是特别讨厌松田圣子吗?"

秋叶露出一个凄苦的微笑,说道。

"真是个怪人。"

"是啊。"

沉默又笼罩了三个人。他就在三个人中间。对他的想念,分别游荡在每个人的脑海里。

博子回过神时,已经不知不觉开始了这样的话题。

"他从来没向我求过婚。他把我叫到天台上,手里的确握着一个戒指盒。可是他什么都不说。两个人默默地在长椅上坐了差不多两个小时。那时,我觉得他太可怜了,没办法,只好主动对他说,我们结婚吧。"

"博子说的?"秋叶突然发疯似的大声说。

"是的,于是他……"

"怎么了?"

"只说了一句'好吧'。"

"哈哈哈哈哈哈!"

雷公爷爷大笑起来。博子说这话的目的本不是为了逗乐。雷公爷爷注意到博子的表情，挠了挠脑袋。

"对不起，对不起。"

"那家伙在女孩面前真的很不干脆。"秋叶说。

"是的。但是，这也是美好的回忆。"

这一点博子最清楚。

"是啊。"

"他留给我很多美好的回忆。"

"是啊。"

"不过，我还想要更多，所以才写了信。他死了，我还追了过去，真是死皮赖脸不知足的女人、任性的女人。"

说完，博子拿起了喝不惯的当地酒。

第二天早上，天还没亮，博子就被秋叶叫醒。

"博子，马上就要日出了，不去看看吗？"

她披上外套，和秋叶一起来到外面。

美丽的山峦耸立在眼前，博子睁大了眼睛。

秋叶说："就是那座山。"

博子不由得避开了视线。

"看清楚了，藤井就在那里。"

博子缓慢地抬起头来。让人备感庄严的山峰占据了她的视野。

博子的眼泪夺眶而出。

秋叶突然冲着山大喊：

"藤井，你还在唱松田圣子的歌吗？那边冷吗？"

远处传来了回音。

秋叶又喊道：

"藤井，把博子交给我！"

回音重复着这句话。秋叶自作主张地回答了。

"好啊！"

回音又再度响起。秋叶得意地冲博子笑了。

"他说'好啊'。"

"……秋叶你真狡猾。"

"哈哈，博子也说点什么吧。"

博子想说点什么，但身边有人，她觉得不好意思。她一直跑到雪地中央，然后，放声大喊：

"你——好——吗？我——很——好！你——好——吗？我——很——好！你——好——吗？我——很——好！"

喊着喊着，泪水噎住了喉咙，发不出声来。博子哭了，简直像孩子一样放声大哭。

雷公爷爷边揉着眼睛,边打开了窗户。

"一大清早的,嚷个什么?"

"别打搅她。现在是最好的时候。"

第十二章

渡边博子：

你好。

我爸爸是得了感冒，久治不愈而死的。这件事发生在我上初中三年级时的正月。

正月里忙着办葬礼，家里已经乱作一团了。葬礼结束后，妈妈又倒下了，因为劳累过度。所以，新学期开学很长一段时间，我都没能去学校。

有一天，我买东西回来，看到一个人站在门口。

我还当是谁呢，原来是他。

可是他看见我，也吓了一跳。

我问他，你在干什么？他说，你怎么在家？

然后，我们同时问对方：没上学？我还记得那奇妙的瞬间。我还以为他来干什么，原来是让我帮他还从图书室借的书。那是《追忆逝水年华》的第三卷或第四卷。这种书就算摆在中学的图书室里，也没有人碰。不管我怎样追问他，为什么非得我帮他还，他也只是说，他不能还了，所以才来拜托我。我问他为什么，他没说理由。

他说，你别管了，拜托你了。硬把书塞给我，他就回去了。

我得知真相，是一周后，终于到学校去的那天早上。

一进教室，我发现他的桌子上摆着花瓶。

我的心跳几乎要停止了。原来，这不过是男生的恶作剧罢了。

我问同学，他们说他突然转学了。原来如此，所以他才没办法还书。

你猜我接下来做了什么？

我说："我讨厌这种玩笑！"不知怎的，就摔碎了他桌子上的花瓶。

一刹那，班里鸦雀无声，所有人的视线都集中在我身上。现在想想，为什么那么做，我自己也不清楚。不过，肯定在生什么气。我想不通当时为什么生气，或许那时我自己也不清楚。

然后,我一个人去了图书室,是为了实践对他的承诺……这么说有点小题大做,总之,我不过是把答应替他还的书完好地还到了图书室。

　　这是我们之间最后的插曲,也是能讲述给你的最后的故事。

藤井树

爷爷和我一起出院了。

妈妈和阿部粕他们问我们想要怎样庆祝,我和爷爷要了住惯的那座房子。阿部粕挠着脑袋问,那栋公寓怎么办?可是,妈妈同意了。

"既然这样,我们打个赌,看看是爷爷先死还是那栋房子先塌掉。"妈妈这么说,可是十之八九,恐怕还是房子先塌掉。

爷爷刚刚恢复健康,今天却精神抖擞地在院子里挖土。

我还没有恢复到那个份上,坐在外廊看信。这是博子寄来的最后一封信。她把我写的所有的信一并装在大信封里寄了回来。

藤井树：

　　你好。

　　这些回忆属于你，所以我觉得应该由你来保留。我想，他以前肯定很喜欢你。我很庆幸，那个人是你。谢谢你一直以来的回信。我会再写信给你的。

　　再见。

渡边博子

信纸翻过来还有补充。

　　又及：恐怕你也是喜欢他的吧？

"没有这回事。"
我对着信这样说道。
"什么？"
爷爷听错了，转过头来。
"中学时，我有一个同名同姓的同班同学，还是个男生。"
"……然后呢？"
"就这些。"
"是你的初恋情人？"

"没有那回事,只是有这么个人。"

"嗯……"爷爷望着庭院发呆。

"下面该爷爷讲了。"

"阿树,看那里。"

爷爷指着院子里长着的一棵树。

"种那棵树时,我给它取了个名字,你知道是什么吗?"

"不知道。"

"叫阿树。和你一个名字。"

"骗人。"

"那棵树是在你出生时种的,所以给你们两个取了同样的名字,就是你和那棵树两个。"

"……什么?"

"你不知道吧?"

"不知道。"

"没人知道。这种事偷偷地做才有意义。"

爷爷一边说,一边笑嘻嘻的。

"真的吗?不是刚编出来的吧?"

"不是说了吗?偷偷地做才有意义啊。"

关于这件事,真相最终还是一个谜。

遥香、阿彩和惠子是色内中学的图书管理员。

最近流行一个叫"寻找藤井树"的游戏。

有一天,男生久保田在图书室偶然发现了一张卡片。一张只签有"藤井树"这个名字的借书卡。这说明,这本书只有藤井树一个人借过。然而,这样的书又发现了好几本。卡片上只有藤井树一个人的签名。久保田热衷于寻找这种书。不久,其他的图书管理员也知道了这件事,不知何时,大家开始比赛寻找这种书。

这就是"寻找藤井树"的游戏。

一天,又发现了一张新的卡片。发现它的铃木遥香觉得,只有这张卡片应该送给本该拥有它的人,便和伙伴们一起来到了那栋房子。那栋房子,就是我的家。

面对突然出现的不速之客,我吓了一跳。

学生们羞涩地踌躇不前,终于,遥香说道:

"我发现了一件好东西。"

说着,她把一本书递到我眼前。那是普鲁斯特的《追忆逝水年华》,他让我帮忙还给图书室的那本书。

学生们冲着目瞪口呆的我嚷道:"里面,里面的卡片!"我按照提示,看了里面的卡片,上面有藤井树的签名。可是学生们还在嚷嚷:"背面,背面!"

我不明就里,漫不经心地把卡片翻过来。

顿时,我无话可说了。

那是中学时代的我的画像。

我突然发现,他们正津津有味地偷看我的表情。

我一面佯装平静,一面想把卡片揣到兜里。然而不凑巧,我喜欢的围裙,上下没有一个兜。

图书在版编目（CIP）数据

情书／（日）岩井俊二著；穆晓芳译. －－ 2版. －－
海口：南海出版公司，2018.6
 ISBN 978-7-5442-9287-0

Ⅰ.①情… Ⅱ.①岩…②穆… Ⅲ.①长篇小说－日本－现代 Ⅳ.①I313.45

中国版本图书馆CIP数据核字(2018)第069242号

著作权合同登记号　图字：30-2008-310

LOVE LETTER
Copyright © 1995 by Shunji IWAI
First published in 1995 in Japan by Kadokawa Publishing Co., Ltd.
Simplified Chinese translation rights arranged with Rockwell Eyes Inc.
through Japan Foreign-Rights Centre/ Bardon-Chinese Media Agency
All rights reserved.

情书
〔日〕岩井俊二 著
穆晓芳 译

出　　版	南海出版公司　　(0898)66568511
	海口市海秀中路51号星华大厦五楼　邮编 570206
发　　行	新经典发行有限公司
	电话(010)68423599　邮箱 editor@readinglife.com
经　　销	新华书店
责任编辑	翟明明
特邀编辑	陈文娟
装帧设计	韩　笑
内文制作	田晓波
印　　刷	北京中科印刷有限公司
开　　本	850毫米×1168毫米　1/32
印　　张	5.75
字　　数	110千
版　　次	2009年2月第1版　2018年6月第2版
印　　次	2024年12月第68次印刷
书　　号	ISBN 978-7-5442-9287-0
定　　价	45.00元

版权所有，侵权必究
如有印装质量问题，请发邮件至 zhiliang@readinglife.com